W0389117

10
18

12, AVENUE D'ITALIE. PARIS XIIIe

Sur l'auteur

Philippe Besson est un écrivain, scénariste et dramaturge. *En l'absence des hommes*, son premier roman, publié en 2001, est couronné par le Prix Emmanuel-Roblès. Depuis lors, il construit une œuvre au style à la fois sobre et raffiné. Il est l'auteur, entre autres, de *Son frère*, adapté au cinéma par Patrice Chéreau, *L'Arrière-Saison* (Grand Prix RTL-*LiRE*), *Un garçon d'Italie* et *La Maison atlantique*. En 2017, il publie *« Arrête avec tes mensonges »*, vendu à plus de 120 000 exemplaires, couronné par le Prix des Maisons de la Presse, et *Un personnage de roman*, portrait intime d'Emmanuel Macron, alors engagé dans la campagne présidentielle. Ses romans sont traduits dans vingt langues.

Un tango en bord de mer, sa première pièce en tant que dramaturge, a été joué à Paris près de 200 fois en 2014 et 2015 au Théâtre du Petit Montparnasse.

Il a également multiplié les collaborations avec le milieu du cinéma et de la télévision, ayant notamment écrit le scénario de *Mourir d'aimer* (2009), interprété par Muriel Robin, de *La Mauvaise Rencontre* (2010) avec Jeanne Moreau, du *Raspoutine* interprété par Gérard Depardieu, et de *Nos retrouvailles* (2012) avec Fanny Ardant et Charles Berling.

PHILIPPE BESSON

EN L'ABSENCE DES HOMMES

10/18

JULLIARD

Du même auteur
aux Éditions 10/18

Se résoudre aux adieux, n° 4095
► En l'absence des hommes, n° 4188
Un homme accidentel, n° 4189
L'arrière-saison, n° 4246
Un garçon d'Italie, n° 4300
Son frère, n° 4301
La trahison de Thomas Spencer, n° 4302
Les jours fragiles, n° 4406
Retour parmi les hommes, n° 4513
Une bonne raison de se tuer, n° 4628
De là, on voit la mer, n° 4654
La maison atlantique, n° 4887
Vivre vite, n° 5030
Les passants de Lisbonne, n° 5166
« Arrête avec tes mensonges », n° 5283
Un instant d'abandon, n° 5347
Un personnage de roman, n° 5358

© Éditions Julliard, Paris, 2001.
ISBN 978-2-264-05685-6

Pour Stéphane Cloutour

Si je viens à mourir, voilà ce que tu feras. D'abord, tu auras et conserveras beaucoup de calme, tu garderas ton sang-froid et tu ne t'en iras pas dans les rues en criant ton désespoir ; ta douleur sera calme et digne.

Rodolphe WURTZ

Lettre du front. Septembre 1915.

Livre Un

L'offrande des corps

1.

J'ai seize ans. Je suis né avec le siècle.

Je sais qu'il y a la guerre, que des soldats meurent sur les fronts de cette guerre, que des civils meurent dans les villes et les campagnes de France et d'ailleurs, que la guerre, plus que les destructions, plus que la boue, plus que le sifflement des balles qui déchirent les poitrails, plus que le visage accablé de celles qui attendent, parfois contre tout espoir, une lettre qui n'arrive pas, un retour qu'on retarde sans cesse, plus que le jeu de la politique auquel s'essaient les nations, c'est la mort simple et cruelle et triste et anonyme de ces soldats et de ces civils, dont on lira, un jour, les noms au fronton de monuments, au son d'une musique funèbre.

Et pourtant, je ne sais pas ce que c'est la guerre. Je vis à Paris. Je suis élève au lycée Louis-le-Grand. J'ai seize ans.

On dit de moi : cet enfant est superbe. Regardez-le : vraiment, il est superbe. Des cheveux noirs. Des yeux verts en amande. Une peau de fille. Je dis : ils se trompent, je ne suis plus un enfant.

J'ai seize ans et je sais parfaitement ça, que d'avoir seize ans, c'est un triomphe. Plus encore peut-être quand c'est la guerre. Parce que j'échappe à la guerre et que les autres garçons, ceux qui sont juste un peu plus âgés, ceux qui se moquaient de moi, eux, n'y échappent pas, et sont absents. Ainsi, je reste presque seul, dans l'évident triomphe de mes seize ans, entouré de femmes qui prennent soin de moi, de leur affection excessive et peureuse.

J'aime ce siècle qui commence, qui porte mes espérances, qui sera le mien.

La mère a répété sans cesse, jusqu'à l'été de 1914 : naître avec le siècle, c'est comme un signe que Dieu nous envoie, comme une bénédiction, comme une promesse de bonheur. Elle était fière de cette coïncidence miraculeuse : ma naissance et celle du XXe siècle.

Le père, lui, a parlé de renouveau. Je crois qu'il a employé l'adjectif : moderne. J'ignorais qu'il en connaissait la signification. Il est l'homme de l'autre siècle, du passé. Il est vieux. Mes parents sont vieux. Ma conception n'était pas programmée. Ma survenance a été un hasard. Ils ont transformé ce qui n'a pas manqué d'être de prime abord une malédiction en événement majeur et attendu.

Je remercie ce hasard, cette malédiction.

2.

C'est l'été, quand je vous rencontre. Ce que je pense d'abord de vous, c'est : il est vieux, il a trente ans de plus que moi. Je n'ai rien à vous dire. Que pourrait dire un garçon de seize ans à un homme de quarante-cinq ? Et l'inverse est tout aussi vrai. D'ailleurs, nous ne nous disons rien. Je vois bien que vous m'observez. J'ignore ce que je vous inspire : de l'envie, du désir, du dégoût, ou plus sûrement de l'indifférence ? Je crois que vous me regardez comme vous regarderiez un petit animal. Votre attention est attirée, elle n'est pas retenue. Et puis, vous êtes un personnage considérable et je ne suis rien. Les personnages considérables ne peuvent pas perdre beaucoup de temps à regarder des jeunes gens qui ne sont rien.

Nous ne nous parlons pas. Je n'ai pas de conversation. Je ne saurais pas quoi vous dire. Je n'essaie même pas. Même par politesse. Même pour tenter de montrer que je suis bien élevé. Je sais pourtant que quelques mots suffiraient. Bonjour, monsieur. C'est un honneur. Je suis bien heureux. Quelque chose comme ça. Mais ça ne me dit rien de jouer ce jeu-là, de la bienséance. C'est de la paresse sans doute. Il ne faut rien y voir d'autre. Il n'y a pas de stratégie. Je ne sais pas avoir de stratégie.

Quand même vous continuez de me regarder. Parfois. Du coin de l'œil. En donnant l'impression de ne pas vraiment me regarder. En balayant la pièce du regard, et en vous attardant juste un peu sur moi. Je vois bien votre manège. Je n'en pense rien. J'ai seize ans. Je ne pense rien d'un homme de trente ans mon aîné.

Alors, une voix me murmure : voyez comme notre grand homme vous observe. Vous devriez être flatté, trouver quelque chose à dire, à faire, ne pas rester planté là, seulement comme un jeune homme qu'on observe. Je ne réponds rien. Je pense : ce sont les yeux verts en amande, la chevelure noire, la peau de fille. Je n'ai rien d'autre à offrir. Rien qui puisse retenir l'attention. Je ne vois que ça.

Je me dirige vers le groupe que forment quelques femmes sans âge. Elles m'accueillent avec une chaleur exagérée. Je sens votre regard toujours posé sur moi. C'est décidé : je ne vous parlerai pas. Je commence à ne plus aimer vos yeux sur moi. Mes seize ans m'appartiennent. Je ne suis pas disposé à ce qu'un étranger s'en empare. En tout cas, pas sans mon consentement.

C'est l'été, par la porte-fenêtre ouverte. C'est le soleil et le calme. Je vais sur le balcon. Vous m'y rejoignez presque aussitôt, dans un mouvement que je n'aperçois pas mais que je sens. Distraitement, ou plutôt feignant la distraction, vous dites : je ne sais pas votre nom. Vincent. Vous dites : c'est un joli prénom. Je suis sûr que vous allez prononcer cette phrase avant que vous ne la prononciez : c'est un joli prénom. Je me suis retourné pour vous voir complètement. Moi, je connais votre identité. Tout le monde, ici, connaît votre identité. Alors, je ne vous la demande pas. Vous dites : si, demandez-la-moi, s'il vous plaît. Personne ne me demande plus jamais comment je m'appelle. Je m'exécute. Vous répondez : Marcel. Seulement Marcel, sans votre nom accolé. Et je suis ravi que vous ne m'indiquiez que votre prénom. Je pense que nous pourrions être proches, que de ne me donner que votre prénom nous rend proches, que ça change la donne, que vous n'avez plus quarante-cinq ans. Je vous regarde et je me dis : c'est incroyable, il aurait dit son nom et ça aurait été tout autre chose. A-t-il compris que de ne prononcer que son prénom modifiait inévitablement le rapport que j'aurais dû entretenir avec celui qui porte son prénom et son nom ? L'avez-vous fait exprès ?

Bien sûr, vous l'avez fait exprès.

Vous dites : cet été est si beau. On s'en veut de l'aimer tellement. Je dis : on oublie la guerre avec ce merveilleux soleil. La guerre, on ne sait plus ce que c'est. Vous dites : ce sont des choses épouvantables, les choses que vous dites, vous ne devriez pas dire de pareilles choses. Vous pensez comme moi. Vous oubliez la guerre. Et vous vous en voulez peut-être un peu de ne pas en avoir honte. Vous dites : votre clairvoyance a quelque chose d'un peu inquiétant, Vincent. Vous prononcez mon prénom pour la première fois. Et de vous entendre le prononcer me plaît. J'aime la façon dont vous dites mon prénom. Et je sais déjà que maintenant que vous avez prononcé ce prénom, vous n'allez pas pouvoir vous empêcher de me demander mon âge. Vous dites : quel âge avez-vous, Vincent ? Seize ans. J'ai seize ans. Vous ne répondez rien. Il n'y a rien à répondre : vous avez quarante-cinq ans. Vous vous taisez. J'ai des yeux verts en amande, une chevelure noire, une peau de fille.

Et puis, soudain, vous trouvez quelque chose à dire : ainsi, vous êtes né avec le siècle. Je vous regarde avec un sentiment sincère de déception, de désolation. Pas vous. Pas comme je vous ai imaginé, jusque-là. C'est comme une faute de goût. Vous comprenez votre maladresse. Vous tentez de la rattraper par une autre maladresse : mais j'imagine que tout le monde vous fait cette remarque.

Oui, vous avez raison, tout le monde, alors pourquoi vous ? Tout de même, votre deuxième maladresse amoindrit la première. Elle est comme une faiblesse et, chez le grand homme que vous êtes, cette faiblesse est forcément touchante. Et je me souviens que vous êtes habile, que vous avez fait montre d'une grande habileté en ne vous nommant que par votre prénom. Cette maladresse pourrait être aussi une habileté. Cette idée-là, que même votre maladresse pourrait être une habileté, me séduit. Je décide de considérer que votre faute est votre façon de faire un sans-faute.

Le soleil donne encore plus fort. Vous dites : je vais rentrer à l'intérieur. Cette lumière ne me vaut rien. La chaleur, oui, mais la lumière, non. J'écoute le balancement de votre phrase. La chaleur, oui, mais la lumière, non. Je vous suis à l'intérieur alors que vous ne m'avez rien demandé. Et, tout à coup, j'aperçois que vous souriez, vous souriez de me voir vous suivre alors que vous ne m'avez rien demandé. Je vous laisse sourire sans rien dire. Je pense que j'aurai d'autres victoires.

Nous sommes encombrés de nos corps. Là, dans cette pièce, devant les regards de l'assistance, conscients des chuchotements qui accompagnent chacun de vos mouvements, nous cherchons quoi faire, quoi dire. Votre port de tête est presque statique. Mes yeux balayent le plancher. Il faudrait dire quelque chose, tout sauf des phrases convenues ou alors se taire et se séparer. Mais être là, comme ça, sans rien se dire, ça n'a pas de sens, ça doit cesser.

C'est plus difficile pour vous que pour moi. D'abord, vous savez qu'on vous observe, qu'on vous attend au tournant, qu'on veut voir comment vous allez vous en tirer maintenant, de cette situation de vous tenir à côté d'un jeune homme de seize ans et de ne rien dire. Et vous êtes un brillant esprit, un homme dont les saillies sont redoutées, dont les reparties sont attendues, dont les mots sont disséqués, dont le talent de littérateur n'est pas à démontrer : vous devez vous sortir de ce genre de situation, trouver les mots appropriés. Pourtant, vous persistez à ne rien dire, à conserver cet étrange port de la tête.

De moi, on admet plus aisément le silence, peut-être la gêne. Et puis, je ne suis rien, rien à côté de vous. On me prend en pitié ou on attend que je sois congédié. Vous continuez de ne rien dire. Je crois qu'il ne me revient pas de parler en premier. Je me tais. Combien de temps nous demeurons ainsi, dans le silence mondain, je l'ignore. Je ne compte pas. Je ne trouve pas ça long. Je sais que ce silence est là, entre nous et je devine que, dans cet interminable silence, c'est autre chose qui se joue. C'est notre relation qui se met à exister, à prendre forme. C'est un lien qui s'invente. Et ce silence devient une intimité, un aveu. C'est, d'évidence, un merveilleux silence. Votre port de tête se relâche un peu. Quand je relève les yeux, je vois que vous esquissez un sourire. Vous êtes joyeux d'avoir triomphé de ce silence, d'en avoir fait une chose préhensible, palpable, signifiante. Les autres, ceux qui regardent, se mettent à comprendre, eux aussi. Ils pensent : voilà, ça vient de se produire devant nos yeux, cet homme de quarante-cinq ans et ce garçon de seize viennent de se rejoindre, sans un mot, sans un geste. Il n'est presque rien arrivé. Nous aurions pu ne pas le voir, passer à côté et, pourtant, c'est bien là, ce lien spécial, ça s'est fait, ça s'est construit, c'est saisissant.

Dehors, par la porte-fenêtre encore ouverte, c'est toujours l'été, toujours le soleil, à peine un léger souffle qui fait se soulever un rideau, une chaleur, une douceur sur tout. Il n'y a qu'à se laisser aller à cet été, ne rien faire que se laisser faire, ne rien vouloir. Il suffit de recevoir cet été comme un cadeau, comme quelque chose qu'on ne devrait pas posséder et qu'on possède tout de même. Le plancher craque un peu. Les conversations reprennent. Nous, nous ne disons toujours rien.

Vous finissez par dire : j'aimerais vous revoir. Et, dans cette requête, c'est tout votre désir des hommes qui transparaît. Ce désir est connu, il est de notoriété publique, même si personne ne le nomme ouvertement. Chacun sait et se tait. Nous vivons dans un monde où chacun sait et se tait. Vous-même n'exprimez jamais ce désir des hommes. Il est là, sans être jamais exprimé. Dans votre demande : j'aimerais vous revoir, il est là, sans être vraiment exprimé. Mais vous et moi et tous les autres, nous savons ce que vous voulez dire. Je réponds : bien sûr. Je ne réfléchis pas. Je n'ai pas à réfléchir. La réponse s'impose.

Vous dites : venez me voir. Vous donnez votre adresse, mais je la connais déjà. Je viendrai. Vous savez que je viendrai. Vous feignez de craindre que je pourrais ne pas venir mais l'histoire a déjà commencé.

Bien sûr, je ne suis pas innocent. Je ne suis plus un enfant. Il ne faut pas se fier aux yeux verts, à la peau de fille, à cette fragilité de l'apparence, à la gracilité. Il ne faut pas croire que les yeux baissés, c'est forcément de la timidité. Je n'ai pas de stratégie, je l'ai déjà dit, mais je sais ce que je fais, je le sais très précisément. Seize ans, c'est l'âge des possibles. Je ne m'interdis rien. Pourquoi m'interdirais-je quoi que ce soit ?

Cela, vous êtes peut-être un des seuls au sein de cette assistance à l'avoir deviné. Vous avez noté quelque chose dans mon attitude, dans ma gestuelle, dans le mouvement des hanches. Vous avez vu ce que les autres ne peuvent pas voir parce qu'ils ne cherchent pas à le voir alors que, vous, justement, vous ne cherchez qu'à voir cela. Vous savez que mes seize ans ont déjà dit adieu à l'enfance tout en continuant – ainsi, on gagne sur les deux tableaux – d'offrir l'image de l'enfance. Vous savez que cette manière qui est la mienne de ne pas refuser de parler à un inconnu, que cet acte qui consiste à se donner en spectacle sans en rougir, sans en être gêné, que tout cela a un sens. Nous sommes les impudents.

Bien plus, vous ne me sous-estimez pas. D'emblée, vous pensez : on ne peut pas lui parler comme s'il n'allait pas comprendre ce qui n'est pas dit. Il comprendra tout, bien sûr. Inutile d'être explicite. Il n'est pas un imbécile. Vous ignorez ce que parler avec moi produira mais vous savez ce qu'il convient de dire et de ne pas dire pour que l'amorce se fasse. Nous sommes faits pour nous entendre.

Je découvre que je suis fait pour m'entendre avec vous qui avez presque trois fois mon âge, vous dont l'occupation est d'être un grand homme. Je découvre que, non seulement la guerre n'empêche rien, mais qu'en plus elle favorise ces rapprochements improbables. Sans la guerre, sans ce magnifique été de l'absence des hommes, nous serions-nous rencontrés ?

Ai-je jamais été innocent ? Si je l'ai jamais été, c'est parti très vite. Très vite, je crois avoir compris les jeux des grands, leurs enjeux, leurs discussions murmurées, leurs sous-entendus, leurs lâchetés, leurs espérances. Très vite, je n'ai plus été dupe. J'ai perdu ça : la naïveté, la fraîcheur, l'inconscience. Je sais que ça n'est pas pour tout le monde pareil mais je n'en tire aucune gloire. Je n'ai rien cherché, rien forcé. Cela s'est produit, voilà tout. Et, dans le même mouvement, je n'ai pas cherché à tirer profit de cette situation, de ma précocité. Je n'en ai pas fait une arme que j'aurais utilisée. Non. Je n'ai pas ajouté la perversité à cette précocité. Je ne suis pas pervers. La perversité exige des efforts que je ne suis pas disposé à accomplir. Il y a dans la perversité quelque chose d'actif, de volontaire qui n'est pas dans mon caractère. Je ne cherche pas à peser sur les événements. Je les laisse survenir. Simplement, j'en mesure exactement la portée, les conséquences possibles. Je possède l'intelligence du monde et des hommes.

On va ne pas m'aimer de tenir de tels propos. Qu'y puis-je ? J'en suis sincèrement désolé. Qu'on me croie lorsque j'affirme cela.

3.

C'est évidemment dans un salon que notre première rencontre s'est tenue. Un de ces salons que vous fréquentez assidûment, que vous arpentez patiemment, que vous occupez délicieusement depuis votre adolescence jusqu'à en être devenu le symbole ou la caricature. Vous êtes un mondain pour vos amis, un snob pour vos détracteurs. Je ne tranche pas. Après tout, je suis comme vous. Je fais mon entrée dans le monde à seize ans, grâce à ma naissance, à la particule de mon nom. Je porte le frac. J'observe cette comédie humaine et je participe à cette comédie humaine. Je suis le produit de ma classe, peut-être son dernier avatar, mais je ne me sens aucune obligation à son égard. Je fais comme on a toujours fait dans ma famille mais je n'y accorde pas une réelle importance. Je suis un peu au-dedans, un peu en dehors. Je n'éprouve ni fierté ni honte. Je pourrais être, si l'on m'autorisait cette formule usée, le bel indifférent.

Vous, vous avez recherché cet étourdissement des salons, vous avez voulu plus que toute autre chose la compagnie des gens bien nés, vous avez été un élève appliqué, un invité charmant, plein d'esprit et de préventions, vous avez gagné vos galons de mondain, vous êtes arrivé par un travail méticuleux, acharné, évitant les maladresses, les fautes de goût, repérant les indispensables alliés, anticipant les disgrâces des uns et les ascensions des autres, vous plaçant toujours dans le bon sillage, espérant une reconnaissance, une admission au sein de ce cercle fermé, autarcique, narcissique, prétendant à une puissance occulte ou affirmée. Vous avez fait les bons choix, pour faire oublier une naissance, un cran trop bas, juste un cran, l'absence d'une particule, et aussi quelque chose – pardon pour ce terme épouvantable – comme une déviance religieuse. Je ne vous juge pas. Je ne pense rien de cela, vraiment. Je vous regarde, portant l'habit, glissant au milieu de ce monde irréel. Et alors, je devine, comme une évidence qui s'impose tout à coup, comme une révélation qui se ferait à moi, que, bien sûr, vous ne vous contentez pas de cette superficialité, que vous avez entamé un travail de dissection, que vous vous livrez à l'autopsie d'une époque.

J'aime cette idée, qu'après avoir tant désiré appartenir à ce monde vous soyez celui qui en rédige l'acte de décès. Vous faites cela avec élégance, à n'en pas douter. J'arrive dans votre vie, alors que vous avez basculé dans l'observation clinique, lucide, mélancolique de votre passé. J'accompagne un cortège funèbre.

C'est cela aussi que vous aimez dans mes seize ans, ce dernier lien avec la jeunesse, au moment où la vie raccourcit dangereusement. Et puis aussi, ces retrouvailles avec celui que vous fûtes, un peu, sans doute. Je veux vous dire, Marcel, que je puis accepter d'être tout cela à la fois, que c'est une aventure qui m'intéresse, que je n'ai pas de réticence à être ce qu'on attend de moi, que toute situation nouvelle m'est bonne à prendre, que je n'ai pas souhaité ni même envisagé ce qui m'arrive avec vous mais que je prends mes dispositions pour l'accueillir. Après tout, pourquoi cet été de toutes les tragédies ne pourrait-il pas être l'été de toutes les comédies ?

Un coursier apporte votre pli. Vous écrivez : je vous espère, ce lundi à dix-huit heures. Et c'est comme un billet doux que vous adresseriez à une maîtresse, comme une missive amoureuse. Et c'est ainsi que je reçois ce joli papier blanc noirci de votre belle écriture. Dans ces quelques mots, dans cet « espoir » que vous formulez, je vois se manifester à nouveau ce goût que vous avez pour les jeunes gens et la délicatesse que vous savez mettre certainement à exprimer ce goût. Non pas que je ne vous suspecte pas de quelques turpitudes et d'inclination pour des sensations plus fortes et des sentiments moins purs, mais je pressens que vous estimez devoir faire preuve d'élégance avec ceux de votre milieu, ou – mais ça, je ne peux pas en être sûr encore – avec ceux auxquels vous pensez vous attacher. Et, décidément, j'apprécie de susciter un espoir. Vous savez bien cependant que vous risquez peu. Vous avez compris que je ne suis ni farouche ni naïf et que je me rendrai au rendez-vous que vous me fixez. Depuis notre très beau silence au milieu du salon devant la foule attentive, j'ai l'ardent désir de savoir la direction que va prendre cette histoire qui s'écrit.

Le père exprime sa fierté : il lit les articles de vous que *Le Figaro* publie, il est un ardent lecteur du *Figaro*. Il pense : mon fils a su retenir l'attention d'un homme considérable. Il n'imagine pas ce qui, en moi, a pu retenir votre attention. Il ne voit rien. Il n'a jamais rien vu. Il pousse le ridicule jusqu'à se vanter auprès de ses relations de notre prochaine rencontre dans votre appartement. On accueille dans un silence gêné son enthousiasme d'aveugle.

La mère, elle, se montre beaucoup plus réservée. Elle a compris ce qu'il faut craindre. Elle a écouté la rumeur qui est venue jusqu'à elle. Mais elle se tait. Elle a passé une vie entière à se taire. Pourquoi parlerait-elle maintenant ?

Je les entends sans leur prêter attention. Je regrette ce mouvement que j'ai eu de leur apprendre notre rencontre. Je regrette ce geste tout de vanité. Et puis, les regrets passent. Leur opinion a si peu d'importance. Leurs souhaits ont si peu d'écho. Leurs remontrances ou leurs encouragements auraient si peu d'influence sur moi. Tout cela n'est pas bien grave. D'ailleurs, rien n'est grave.

C'est dans votre chambre que vous me recevez. De prime abord, je pense : quelle impudeur, tout de même, il faudrait être un peu plus subtil, un peu moins indélicat. Vous remarquez ma surprise, ma désillusion et ma désapprobation. Vous pensez : il ne me connaît pas autant qu'il le croit. Finalement, il en sait bien peu sur moi. Vous expliquez : j'ai passé ma vie entière dans des chambres. Dans les chambres, et précisément, dans cette chambre-ci, je reçois, je dîne, je fais mes livres et mes articles pour les journaux, je lis, et accessoirement, je dors. Je dis : accessoirement, car, en somme, je dors très peu et toujours à des heures où les autres ont cessé de dormir. Le croyez-vous ? Oui. Je vous crois. Je crois cette invraisemblance. Vous dites : d'ailleurs, j'écris des livres à propos de chambres. Mes livres sont pleins de chambres. Elles sont ma mémoire. C'est des chambres que tout part. Je vous écoute. Je ne dis rien. Vous avez décidé de parler. Je vous suis dans vos chambres. Je constate qu'on y parle, qu'on y couche, qu'on y dort, qu'on y meurt, qu'on s'y trouve seul ou à deux, qu'on y rêve. Et, du coup, je suis bien heureux que vous me receviez là et pas ailleurs. Je comprends qu'être reçu ailleurs est le signe de votre indifférence à l'égard de votre hôte ou l'annonce de sa disgrâce. Je m'en voudrais presque de ma réaction première de méfiance, d'incompréhension, de reproche. Vous dites : c'est aussi cela, avoir seize ans, ne pas connaître tous les codes, pouvoir encore se méprendre, être injuste. Mais vous apprendrez. Je vous regarde et je dis : oui, j'apprends très vite.

Vous dites : comme j'aurais aimé que nous nous fussions rencontrés à Cabourg, au Grand Hôtel. Voilà un endroit merveilleux pour une rencontre. Là-bas aussi, j'aurais fini par vous entraîner dans ma chambre. Ah, il faudrait que vous voyiez ça, le Grand Hôtel, le hall extravagant à force de grandeur, les femmes dont les ombrelles cachent les visages, les enfants sages, les adolescents tourmentés, les conversations chuchotées, les œillades discrètes, la vue sur la mer, le bleu du ciel, un monde qui glisse. Vous poursuivez, parlant davantage pour vous-même que pour moi : c'est extraordinaire, le Calvados, la Normandie. C'est l'enfance, bien sûr, mais c'est aussi une habitude, une certitude qu'on se donne, un repère, une assurance. Savez-vous que j'ai passé les huit étés qui ont précédé la guerre à Cabourg ? C'est l'été aujourd'hui. Je devrais être là-bas. J'aurais dû vous rencontrer là-bas. Vous finissez par me demander : connaissez-vous Cabourg ? Non. Et vous voilà reparti, dans l'enchantement de Cabourg, dans la magie de cette petite station balnéaire métamorphosée par la construction de l'imposant et luxueux Grand Hôtel. Vous parlez de la promenade, du sable fin, oui, le sable est plus fin à Cabourg qu'ailleurs, c'est connu, des cabines de plage, du casino, des élégantes qui forment cette étrange société des bains de mer. Et puis, vous parlez de la mer. Vous êtes intarissable. Vous dites : il faudrait n'écrire que des livres où il est question de la mer. Rien ne compte que de parler de la mer. Et c'est difficile, vous ne pouvez pas imaginer, de bien parler de la mer. Je vous écoute, sans prononcer un mot. Je me souviens de votre silence lors de notre première rencontre. Votre volubilité est une surprise à laquelle je dois m'habituer. Je comprends que vous avez le regret de ne pouvoir vous trouver dans cet endroit que vous affectionnez particulièrement. Je sais aussi qu'il y a, dans cette manière que vous avez de monopoliser la parole, la manifestation de votre timidité, de votre crainte à engager avec moi une conversation. D'une certaine façon, vous prolongez, par d'autres moyens, ce moment où nous ne nous parlons pas, où nous n'échangeons pas de propos, où nous ne sommes pas confrontés l'un à l'autre. Vous avez peur de notre intimité. Vous préférez occuper tout l'espace. Je ne dis rien. Je vous regarde. Je ne fais rien d'autre que cela : ne rien dire et vous regarder. Aucun de nous deux n'est dupe. Sans doute, nous ne sommes pas prêts encore à nous retrouver l'un face à l'autre.

Et puis, aussi certainement, vous cherchez à m'impressionner un peu, à me rappeler quel grand homme vous êtes, quelle existence est la vôtre. Vous posez des jalons. Vous posez le décor. Vous avez raison. Autant savoir à qui nous avons affaire exactement. Et autant admettre qu'il s'agit bien d'une tentative claire, ordonnée, inventive de séduction.

Au bout d'une heure à peine, vous me congédiez. Vous êtes attendu. Il serait tout à fait déplacé de faire faux bond. Les convives seraient affreusement désolés. Votre voix, lorsque vous prononcez cette expression : « affreusement désolés » monte si haut qu'elle semble celle d'une mégère mondaine. Et qu'avez-vous besoin de vous gargariser ainsi ? Je n'apprécie pas cette manière. Je dis : je pourrais être votre ami si vous consentiez à être seulement Marcel et pas son personnage. Vous me regardez, interloqué, comme si vous aviez le souffle coupé. Vous paraissez dire : on ne m'a jamais parlé comme cela, on ne doit pas me parler comme vous le faites. Mais vous avez l'intelligence de ne pas prononcer cette phrase. Vous savez que, si vous prononcez cette phrase, je passerai la porte et nous ne nous reverrons plus. Vous vous retenez : la voilà donc, ma première victoire. Faiblement, vous avouez : je tiens à être votre ami. Vous avez l'air d'un petit garçon, tout à coup. Vous êtes incroyablement attendrissant. Et la détresse que je lis dans vos yeux est comme une déclaration. Je ne résiste pas à l'envie de vous embrasser. Je fais ça, cette chose inconcevable, inconvenante : je vous embrasse. Je ne prémédite rien. J'obéis à un désir irréfléchi. Je vous embrasse et je dis : alors, sans doute, nous serons des amis, Marcel. Je prononce votre prénom pour la première fois et la sonorité de votre prénom prononcé par moi est une sonorité étrange et agréable pour vous comme pour moi. Cette fois, vous êtes absolument interloqué. En quelques secondes, seulement, en quelques phrases, je vous ai menacé d'une séparation définitive, je vous ai embrassé et je vous ai appelé par votre prénom. C'est sans doute trop à recevoir en une seule fois. Vous n'êtes pas habitué visiblement à ce genre de situation. Vous souffrez certainement de ne pas mieux la maîtriser, vous qui vous faites fort de maîtriser tout type de situation. Et vous ignorez ce qu'il faut répondre, quelle attitude il convient d'adopter. Je conserve l'initiative en disant : je vous laisse, je ne veux pas que vous soyez en retard, Céleste va me raccompagner, nous nous reverrons bientôt. Dans la rue, la lumière est belle. C'est celle des fins d'après-midi en été. Je pense à vous, resté planté au milieu de votre chambre, avec l'empreinte de mes baisers sur vos joues. Je souris.

4.

La guerre est là. Elle a ton visage, Arthur.

Avec toi, Arthur, c'est, en effet, la guerre qui fait irruption dans mon existence désœuvrée de jeune homme de bonne famille.

Cette irruption est une effraction, une surprise. Je ne suis pas préparé à ça, accueillir l'horreur d'une guerre, la souffrance d'un soldat, la dérive d'un monde.

La guerre était une chose irréelle, tenue à l'écart de nos vies. La guerre était une chose lointaine, plus d'une centaine de kilomètres, une immensité, là-bas, dans nos campagnes, dans des terres qui ne nous appartiennent plus. La guerre était une chose virtuelle, ne nous empêchant nullement de nous rendre au théâtre, au restaurant, de continuer à vivre normalement. La guerre était un murmure, une vilaine rumeur, une irritation passagère, un remords vite surmonté, une mauvaise conscience avec laquelle on peut aisément s'arranger.

Je ne suis pas responsable de cette guerre, je ne veux rien avoir à faire avec elle, je veux qu'elle respecte mon enfance, qu'elle préserve l'affection que me témoignent celles qui restent, qu'elle n'entrave pas le déroulement de ma relation avec Marcel.

Et voilà que tu débarques dans mon existence, Arthur, sans même prévenir, sans crier gare, avec ton cortège effroyable de cadavres, de bombes, de boue, ton expérience affreuse, inaudible de la douleur, de l'incompréhensible, de l'incommunicable, voilà que tu es là, tout à coup, debout devant moi, dans le costume de tes vingt ans, et que tu me regardes de tes yeux tristes, fatigués, à peine accusateurs, au point que je préférerais qu'ils soient pleinement accusateurs. Voilà que tu dis : prends-moi dans tes bras, qu'au moins, la vie, ça ne soit pas seulement cette angoisse de la mort qui rend fou, cette attente permanente, insupportable de la mort prochaine. Prends-moi dans tes bras, pour que je sois autre chose que ce soldat crotté, cet anonyme des tranchées du nord de la France, cette ombre grise et sale. Prends-moi dans tes bras, pour qu'il y ait le soleil, la chaleur, la douceur, toutes ces choses que nous avons oubliées, que nous avons perdues. Prends-moi dans tes bras, sans réfléchir, corps contre corps, bouche contre bouche, donne-moi ta chair laiteuse à embrasser, à caresser.

Et, bien sûr, je te prends dans mes bras.

Tu es le fils de Blanche. Je te connais depuis toujours. Je ne te connais pas du tout. Tu es le fils de la gouvernante. Je sais ton nom, ton visage. Je t'ai vu grandir avant moi. Je ne sais pas qui tu es. Je crois ne t'avoir jamais adressé la parole. Tu as vingt et un ans. Voilà deux ans que tu es parti à la guerre. Voilà deux ans que ton existence pour moi se résume à cette mère qui pleure, ta mère, une mère qui redoute chaque matin l'arrivée du courrier, et à une photographie protocolaire et ratée qui ne dit rien sur toi.

Nos vies ne sont simplement pas conciliables, ne l'ont jamais été. Pourquoi faut-il qu'aujourd'hui elles s'entrechoquent dans le grand fatras de ces années de fer et de feu ? À cela non plus, je ne suis pas préparé. Cela non plus, je ne l'ai pas vu venir : ta demande impérieuse, celle que je te prenne entre mes bras.

Tu dis : je sais depuis longtemps, j'ai su avant même que tu ne saches. Je t'ai observé en silence, en cachette et j'ai vu les choses se mettre en place sans même que tu en aies la conscience. Mon désir de toi est né avec la guerre, le jour de mon départ pour la guerre. J'ai cherché une image à quoi me raccrocher. Et l'image qui s'est imposée, ça a été la tienne. Depuis deux années, cette image m'accompagne. Elle ne me quitte pas. Elle m'aide à traverser cette horreur impensable. Elle est là, avec moi, toujours, émerveillante.

La guerre, pour moi, c'est, avant tout le reste, et tu ne peux pas concevoir comme le reste est énorme, c'est mon amour pour toi. Mon amour solitaire, solaire, qui a grandi pendant deux ans, pendant mille ans.

Pourquoi je me suis décidé aujourd'hui à faire l'aveu de cet amour, je ne sais pas l'expliquer vraiment. Peut-être la peur de la mort se fait-elle encore plus grande, la menace plus présente, et alors il faut parler, il faut dire avant de mourir, il ne faut pas mourir avec ce secret-là, ce beau secret. Et puis, c'est trop lourd à porter, trop pour un seul homme, c'est impossible de demeurer avec ça encore. Il faut parler pour ne pas sombrer dans la folie, sans doute.

Tu dis : c'est un geste de vrai désespoir et un geste pour se sauver.

Je ne dis rien. Que pourrais-je dire ?

Tu t'engouffres dans l'espace de mes bras et c'est le territoire de ta souffrance que j'embrasse d'abord. Je serre la guerre contre moi, l'odeur de la guerre, sa raideur, un bloc de granit froid, un cadavre. C'est une sensation qui m'effraie tout d'abord. Je dois m'obliger à n'avoir pas le mouvement de te repousser, à ne pas céder à l'effroi. J'ai seize ans. Je n'ai pas l'expérience des corps mais je sais, comme une leçon apprise d'éternité, je sais d'un savoir absolu, qu'un corps qu'on enlace n'a pas cette rigidité. Je mesure exactement combien ce corps a été attaqué, entamé, meurtri, comme il a dû prendre l'habitude de se protéger, de se racornir, de se replier. Je mesure la densité de deux années de plomb. Et toi, bien sûr, tu comprends tout. Tu sais la nature exacte de ton offrande. Tu comprends qu'on puisse avoir peur, qu'on puisse être désemparé, démuni. Ton corps n'a connu, depuis deux ans, que le froid, la menace, le combat. Mais tu sais également que je ne repousserai pas ce corps, qu'au contraire je vais l'accueillir, que je suis peut-être le seul qui saura l'accueillir. Et c'est étrange pourtant, puisque tu as choisi précisément celui qui ne sait rien, celui qui ne connaît pas les gestes, celui qui n'a jamais serré d'autre corps, l'enfant vierge. Et c'est toi qui as raison. Cette première étreinte doit se passer comme cela. C'est une évidence, tout à coup. Alors, je réchauffe ton corps, je lui transmets ma chaleur, je ranime la chair, je fais la peau moins rugueuse, plus tendre, plus douce, plus rose. Même les tremblements, les tressaillements sont une chaleur. C'est un moment très long, très lent, très calme. Il ne se passe presque rien. Il y a juste cette étreinte silencieuse. Et ce presque rien, c'est tout. C'est immense. C'est la vie tout entière. C'est ton retour parmi les vivants. C'est mon baptême. Ce qui se produit a quelque chose de sacré, de miraculeux.

Nous demeurons longtemps, vraiment, dans cette immobilité. Nous sommes au centre de ma chambre, au centre d'un monde. Nous sommes immobiles et vivants. Nous sommes au plus près du vivant.

Je sens mon cœur contre ton poitrail. Je remonte ma main le long de ta nuque. Tes cheveux sont courts, blonds. Je caresse cette nuque blonde. C'est un geste que je sais faire, qui n'est pas difficile, qui est le geste que tu attends. Je sens le battement qui s'accélère juste un peu. Je n'ai pas peur. Je n'ai pas peur.

Puis, les bouches se trouvent, les lèvres se touchent, sans empressement. Deux années que tu attends cet instant, et il n'y a pas d'empressement. Comme si tu avais eu la certitude que cet instant se produirait immanquablement, qu'il te suffisait d'attendre. J'ai seize ans. Tu embrasses un garçon de seize ans, les yeux clairs, les cheveux noirs. Le baiser a le goût du sel. Tes lèvres sont blessées. Mes lèvres s'accrochent à cette blessure, butent sur elle, la surmontent, reviennent au point le plus accidenté. C'est un cheminement. Je suis un chemin.

Les vêtements tombent à terre. Les corps nus se font face. La guerre a façonné ce corps, transformé un adolescent en homme. Entre mes seize ans et tes vingt et un ans, entre mon torse frêle et ton poitrail dur, il y a l'étendue d'une guerre. La lumière jaune de cette fin d'après-midi passe sur les peaux. Tu prends ma main. Je te suis, là où tu m'emmènes, là où je ne suis jamais allé.

Je fais glisser ma main au creux de ton épaule, au centre de ton buste, sur ton ventre plat. Du revers, je touche la chair molle et soyeuse de ta verge. D'instinct, je comprends tout. L'entremêlement est le plus doux des voyages. En fermant les yeux, je songe : quel merveilleux été, décidément.

5.

Au matin, tu es recroquevillé dans les draps. Je songe que c'est dans cette position-là que les soldats s'endorment et se réveillent dans les tranchées, cherchant vainement à protéger leur corps d'une balle, ou d'un bombardement, ou du froid. Je songe que je ne t'ai jamais vu dans ton uniforme bleu, maculé de boue et de sang, enfoncé dans ta traînée de terre, dans le silence effrayant de l'attente. Pour moi, tu es ce jeune homme à la belle peau nue et fraîche, entortillé dans les draps de mon lit, au sortir de ma première nuit d'amour. Je tends le bras pour simplement te toucher. Tu tressailles sans te réveiller. Je laisse ma paume aller et venir lentement sur ta hanche. Le jour est levé depuis quelques heures. Je n'ose pas t'arracher au sommeil, au repos.

Plus tard, nous parlons. Tu dis : nous nous imaginions partir pour un été, pour combattre un ennemi qui avait tous les torts et revenir victorieux et héroïques, auprès des nôtres. Que nous est-il arrivé ? Tu dis : tu aurais dû voir ça, notre départ, l'enthousiasme des foules venues nous accompagner jusqu'au train, les applaudissements, les cris, les encouragements, une ambiance de fête, une atmosphère de kermesse, au son triomphant de *La Marseillaise.* Et nous, nous nous laissions porter par cette euphorie, par cette clameur généreuse et confiante. Il y avait bien un peu de peur, mais pas tant que ça. Nous étions sûrs de nous et dominateurs. Nous étions inconscients. Nous avons déchanté très vite. Il nous a fallu abandonner les moissons, après ce bel été de 1914 mais nous avions la certitude d'être de retour à la maison bien avant Noël. Livrer cette guerre et la gagner, c'était la même chose. Nous n'avions pas imaginé ce malheur qui nous est tombé dessus, comme un déluge. Je dis : je me souviens bien de la liesse des foules, des départs en fanfare. On nous avait autorisés à aller soutenir nos futurs héros. C'est vrai que, pour moi, tout ça ressemblait à une joyeuse fête. Quand on ne vous a pas vus revenir aussi vite qu'on nous l'avait annoncé, les gens se sont tus. Nous n'avons pas parlé de ça, la prolongation de votre absence. C'était un sujet que nous évitions. Quand les conversations ont repris, c'était pour parler d'autre chose. Nous avons cherché à vous oublier. Tu dis : je sais cela. Tous, nous savons cela. Nous ne pardonnerons pas. Tu as raison. Il n'y a pas de pardon possible pour cette lâcheté collective, pour nos lâchetés personnelles. Je ne te demande pas pardon.

Tu dis : j'avais décidé de ne plus aimer les hommes. Mais, toi, c'est différent.

Tu dis : je ne me souviens plus comment c'était avant la guerre. Ma mémoire commence à l'été de 1914. Tout ce qui est avant s'est perdu. Raconte-moi. Je dis : à quoi bon ? Tu dis : il ne faut pas que les souvenirs se résument à la seule souffrance. Je dis : c'était la « belle époque », avant, une sorte d'âge d'or. C'est ce qu'on dira dans les livres d'histoire plus tard. Cette décennie aurait pu être la plus belle. Paris scintillait. Quand je cherche dans mes souvenirs d'enfant les images qui resteront, c'est le scintillement de Paris que je vois en premier. Mais mes souvenirs ne sont pas ceux de tout le monde : j'ai toujours vécu dans l'opulence. Ici, c'est l'ouest de la ville. Ici, c'est la lumière. D'autres que moi raconteraient sans doute une histoire différente. Tu dis : moi, je raconterais une histoire différente.

Quand le silence se fait, je devine que tu repars dans ton malheur. Le territoire de ton malheur est le lieu que tu occupes. Le malheur est une situation géographique.

Je ne pourrai jamais te rejoindre dans ce malheur-là, c'est une chose tout à fait impossible. Vous êtes des millions à connaître ce malheur, mais pas moi. Je ne prends même pas la peine d'essayer d'imaginer ce malheur, ce serait absurde. Je suis ailleurs, voilà tout. Je ne m'en veux pas d'être ailleurs. Personne ne peut m'en vouloir. Je suis dans tes bras : voilà ce que je connais. J'ai cette connaissance extraordinaire, la connaissance de l'espace de tes bras. C'est mon bonheur. Le bonheur, aussi, est une situation géographique.

Quand tu parles à nouveau, c'est encore de la guerre. Tu dis : comment l'assassinat d'un archiduc à Sarajevo a-t-il pu, à lui seul, déclencher une telle barbarie ? Je dis : je suppose que tout était là, avant, que ce meurtre a seulement été l'étincelle qui a allumé l'incendie, que la haine des nations s'est construite pendant des années et qu'elle a soudain éclaté aux premiers jours de l'été d'il y a deux ans. Tu dis : cette démesure des nationalismes est inconcevable. Je suis devenu un pacifiste. Je demande : tu étais un belliciste ? Tu réponds : on est belliciste quand on n'a jamais fait la guerre, je veux dire personnellement. Et tu ajoutes : je ne devrais pas avoir cette conversation avec toi. Je dis : parce que j'ai seize ans ? Tu réponds : non, parce que je suis dans ton lit.

Nous ne nous quittons pas. Nous ne parvenons pas à nous quitter. Nous sommes dans l'impossibilité de nous séparer. Nous sommes les amants neufs. Nous sommes épuisés et heureux. Combien de temps nous demeurons dans ma chambre dont les persiennes laissent filtrer la lumière chaude d'une belle journée, je ne sais pas le mesurer. Combien de temps nous demeurons étendus l'un à côté de l'autre dans les draps qui s'imprègnent de notre odeur, de notre chaleur, je ne sais pas le dire, vraiment. Je sais que cela pourrait durer toute une vie, que cela pourrait durer jusqu'à la fin de cette guerre, que cela pourrait durer jusqu'au soir. C'est une folie, un emportement, quelque chose qui submerge. C'est une révélation, une prédestination, quelque chose qui s'impose. C'est un bonheur, une douceur, quelque chose qui donne envie de pleurer. J'écoute le balancement de tes phrases. Je ne dis rien. J'ai les yeux grands ouverts. De la sueur perle sur mon front. Mon attention est tout entière pour toi. Il n'y a de place pour rien d'autre, absolument. Je ne dis rien. Je ne veux pas prononcer des mots qui ne seraient pas à la hauteur de cet événement. Tu es le premier homme.

Plus tard, tu me questionnes : as-tu conscience que nous commettons un acte scandaleux ? Je suis un soldat. Tu as seize ans. Tout le scandale tient dans ces deux phrases.

Je n'ai aucune conscience du scandale. J'ignore ce que cela peut être. Je crois que cela n'entre simplement pas dans mes références. Je suis l'enfant insouciant. Je n'ai pas de morale. Et si j'en avais une, sans doute, cela ne la heurterait nullement. Je dis : ce n'est pas un acte scandaleux, celui que nous commettons. Il ne faut pas raisonner ainsi. Ce serait raisonner faux. Et c'est inutile. Tu dis : tu ne me convaincras pas que cet acte ne choque pas. Il choquera à la minute où il sera connu. Nous devrons tout garder secret si nous voulons préserver cette chose entre nous. J'accepte d'emblée cette idée du secret qui m'enchante. Mon enchantement te fait sourire. Et, dans ton sourire, c'est un monde qui s'invente. Je caresse tes cheveux blonds. J'enlace ta jeunesse.

Tu dis : je dois y aller. Je dois aller retrouver ma mère. Voilà des semaines qu'elle m'attend, avec un sentiment énorme de terreur. Elle a pleuré toutes les larmes de son corps. Elle est une femme anéantie. Elle sait qu'elle peut perdre son fils à chaque instant. Elle a ce savoir-là, qui est atroce. C'est l'inacceptable pour une mère de devoir envisager la perte de son fils. C'est la plus grande perte. Elle n'y survivrait pas. Les mères ne survivent jamais à la disparition de leur enfant. Même vivantes, elles sont mortes. Quand elle m'a vu revenir, elle a vacillé puis elle s'est effondrée. Il y a eu ça, l'affaissement de son corps. Une chute lente, qu'elle n'a pas pu empêcher. Il y a eu tout à coup toutes les heures passées à attendre, à avoir peur, qui se sont ramassées en une seule seconde et qui ont pesé d'un poids écrasant. Elle n'a pas résisté à cet écrasement, à cette compression du temps. Elle a pleuré, bien sûr, quand je l'ai relevée. Elle m'a serré dans ses bras, comme si c'était la première fois, comme si c'était la dernière fois. Elle a serré dans ses bras l'improbable rescapé. Elle m'a couvert de baisers. C'est ça précisément l'amour d'une mère, cette effusion immense, ce débordement comme on le dit d'un fleuve qui déborde de son lit. Moi, je n'ai pas pleuré. Il ne fallait pas pleurer, je ne devais pas ajouter à sa peine mon propre désarroi. Je redoute par avance le moment où il faudra repartir. Ce sera un absolu déchirement, une douleur indépassable. Elle aura cette conviction de me laisser repartir vers une mort presque certaine. Elle aura cette intuition que le serrement d'adieu est peut-être le dernier serrement des corps. Elle pensera qu'elle ne sera peut-être plus jamais une mère. Il n'y a que la guerre qui puisse créer une situation pareille. Réfléchis : il n'y a rien d'autre. Aucun événement n'est aussi considérable que celui-ci. Aucun n'a de semblables conséquences. Je dois m'en retourner vers elle. Mais je veux te revoir vite. Je veux que, cette nuit, nous la passions ensemble. Je veux que, toutes les nuits jusqu'à mon départ, nous les passions ensemble. Nous n'aurons pas les jours, puisque je les dois à ma mère. Alors, nous devrons avoir les nuits. Je dis : je t'attendrai. Quelle que soit l'heure où tu arriveras, je serai là. Quand tu finis par passer la porte de ma chambre, j'éprouve déjà la sensation du manque.

Le père dit : on t'a vu avec le fils de Blanche. Tu sais combien nous apprécions Blanche, combien nous apprécions son service. Et d'ailleurs, elle ne serait pas à notre service depuis bientôt plus de vingt ans si nous ne l'appréciions pas un peu. Son fils m'a tout l'air d'un brave garçon. Un garçon honnête, travailleur, qui a reçu de l'instruction, qui sera maître d'école, et qui fait son devoir de soldat pour défendre son pays. Mais comprends que ces gens n'appartiennent pas au même monde que nous, qu'il importe de marquer une distance avec eux. Nous avons toujours déconseillé cette confusion des genres, ces mélanges qui ne peuvent rien produire de bon, crois-moi. Je ne peux donc que t'encourager à ne pas fréquenter ce jeune homme, tu m'entends ? Si mes propos peuvent te paraître abrupts aujourd'hui, tu me remercieras plus tard d'avoir su préserver l'intégrité de notre classe. Je ne réponds rien. Pour mon père, ce silence équivaut à un acquiescement. Je ne le démens pas dans ses affreuses certitudes.

La mère, elle, dit qu'elle peut admettre ces rapprochements qu'une période troublée occasionne. Elle est heureuse que son fils ne demeure pas seul. Elle dit : cette solitude de la guerre peut devenir une ennemie. Il ne faut pas s'interdire le commerce avec les gens de son âge. Elle ne peut rien deviner du genre de commerce auquel je me livre avec Arthur. Je lui sais gré de ses encouragements et de sa naïveté qui n'est que l'expression de sa bêtise.

À la fin de l'après-midi, je reçois un message de Marcel. C'est un nouveau rendez-vous. Et je suis heureux de ce rendez-vous qu'il me fixe. Je suis heureux de savoir que je vais revoir Marcel. Cette joie que j'éprouve est une joie simple, décomplexée, étrangère absolument à l'aventure extraordinaire que je commence à vivre avec Arthur. Je n'ai pas honte de cette joie-là, qui est sincère, spontanée. Je n'ai pas de sentiment de culpabilité ou de honte. Je n'ai pas davantage l'impression que je trahis l'un ou l'autre de mes deux hommes. Ils appartiennent à des sphères différentes, à des moments distincts. Je sais que je peux aimer l'un et l'autre, que ce n'est pas impossible, inconciliable, que, bien au contraire, c'est presque une évidence, une nécessité. Je devine, bien sûr, que je ne devrai pas parler de l'un à l'autre, que, sans doute, ce serait une parole incompréhensible de prime abord, inacceptable, trop choquante. Je sais par avance que je ne dirai rien, qu'il ne m'est pas difficile de ne rien dire. Je regretterai peut-être de ne pouvoir rien avouer, de ne pas expliquer. Mais les regrets pèseront bien peu à côté du bonheur énorme d'entretenir un lien avec ces deux hommes que tout oppose, que tout éloigne. Non, je ne suis pas un traître. Oui, je suis un jeune homme de seize ans, sans complexes, qui ne découpe pas le monde entre ce qui est bien et ce qui est mal, qui croit ne pas devoir choisir entre la conversation aimable d'un vieil écrivain et le corps délicieux d'un soldat douloureux. Devant le miroir de ma chambre, je fais face à mon image. Je vois les cheveux noirs, les yeux clairs, le léger sourire.

Je fais passer un message à Marcel. Je lui écris : voyons-nous demain, vers seize heures, dans ce café du boulevard Saint-Germain que j'aime tant. Voyons-nous, cher grand ami, puisque c'est ainsi que, déjà, j'ai envie de vous appeler. Je lui écris cela et je sais qu'il sera là, au rendez-vous.

Quand je revois Arthur, ce soir, je vois bien qu'il a pleuré. Je vois les yeux rougis, le visage creusé par les larmes, une tristesse épouvantable. Je ne dis rien. J'attends qu'il parle. Je veux que cela vienne de lui, que rien ne soit dit qui ne vienne de lui. Il demeure longtemps dans le silence. Il y a ça, un silence interminable, immobile. Alors, je prends sa main dans ma main. Il y a le toucher de nos paumes, une pression légère. Ses yeux ne regardent rien. Je ne lâche pas sa main. Je m'enroule autour de lui. Je me tiens derrière lui, mon ventre contre le bas de son dos. Je repose ma joue sur sa nuque, sur la bonne odeur des cheveux blonds, sur la belle douceur de la peau claire. Le battement de son cœur est régulier. C'est le calme qui s'installe, la tranquillité. Alors, il se retourne. Nous nous faisons face. Les visages se frôlent. Il faut imaginer cette magnifique insanité de deux visages d'hommes, si proches l'un de l'autre, cette sensualité énorme. Le baiser est une déduction de cette proximité. Quand les bouches se prennent, la souffrance semble s'effacer, disparaître. Les esprits sont concentrés sur ce seul baiser. Il n'existe rien d'autre que ce baiser. Il occupe tout l'espace, tout le temps. Il est le résumé de deux vies. Ses lèvres ont le goût du sel.

6.

Bien sûr, vous arrivez en retard. Et votre entrée dans ce café est, en soi, un événement. Ici, chacun vous connaît et personne n'ose vous aborder autrement que par un regard furtif, un salut distant, une parole polie. Les serveurs semblent avoir entamé un ballet sophistiqué, glissant de table en table, dans leur habit de noir et de blanc, créant autour de vous une aura, un cercle invisible. Chacun s'étonne encore de ma présence à l'intérieur de ce cercle. Il y a ceux qui ignorent tout à fait qui je suis, ceux qui ont entendu parler d'une rencontre dans le salon de la marquise de V. et qui posent l'hypothèse que je suis l'objet de cette rencontre, ceux qui ne savent rien mais parlent comme s'ils étaient savants, ceux qui étaient présents lors de notre rencontre et qui déclinent mon identité : Vincent de L'Étoile. Je ne doute pas du contenu de la rumeur qui commence à courir Paris et je crois que je m'en fiche. Pis : je comprends que cet affichage dans un lieu public vient donner du crédit à cette rumeur, la transforme en une vérité établie, un fait certain. Et c'est d'ailleurs le sens de votre première remarque : vous ne pouvez pas ignorer, mon cher Vincent, que notre rendez-vous d'aujourd'hui, dans ce lieu public, fera l'objet de beaucoup de commentaires dans le microcosme, que votre réputation va se faire en quelques heures. Mais non, bien entendu, vous n'ignorez rien de tout cela. Je suppose même que vous l'avez fait exprès, que vous vous amusez de cette situation, qu'il y a là un peu de provocation. Je dis : je n'ai rien prémédité. Rien n'a d'importance que de vous voir. Vous dites : le pire, c'est que, tout à coup, je crois à votre sincérité. Vous êtes un ange, vraiment. Je vous écoute dire cela : vous êtes un ange, parler de mon angélisme et je comprends qu'on peut être l'ange de quelqu'un, et que c'est de vous précisément que je suis l'ange, que, sans doute, je ne pourrais être l'ange de personne d'autre.

Vous dites : votre précocité m'enchante. À seize ans, moi, j'étais encore seulement un fils. Le fils d'un très grand médecin, le saviez-vous ? L'agrégation, la faculté, l'Académie, toutes ces choses en imposent à un fils. Je me souviens d'une ombre portée sur nos vies, d'un homme plus grand que nous tous, sans que nous sachions véritablement si cette grandeur était une aubaine ou un malheur pour notre futur d'homme. Aujourd'hui, avec le recul, sans doute, je dirais que notre indifférence réciproque était plus feinte que réelle, et qu'au final j'aurai appris de mon père. Toutes ces histoires à propos de notre prétendue haine ne sont que des balivernes. Bien sûr, il était un scientifique et je suis un homme de lettres. Bien sûr, il était un individu capable de s'emporter et l'asthmatique que je suis est nécessairement calme. Bien sûr, il n'aimait que la république et je me complais dans les salons de l'aristocratie. Bien sûr, il fut de ceux qui condamnèrent le capitaine Dreyfus quand je fus un de ses trop rares soutiens. Bien sûr, il ne m'a jamais réellement compris et je ne suis pas certain de l'avoir réellement aimé. Mais il y avait tout de même de l'affection entre nous, quelque chose comme le souvenir du lien filial. Et puis, le temps guérit de tout et ne laisse à la surface que les images que nous voulons bien conserver. Les images du père qui me restent ne sont point vilaines. Et j'ai passé l'âge des rancunes. Alors vous me demandez : parlez-moi de votre père. Je dis : il n'y a rien à en dire, vraiment. Nous n'appartenons pas à la même vie, et je crois que cela n'est grave pour aucun de nous deux. Vous dites : merveilleuse cruauté de la jeunesse, capable de prononcer les condamnations les plus définitives avec l'air de rien. Cela vous fait sourire. Détrompez-vous, Marcel, je n'ai pas voulu faire montre de méchanceté. Je veux vous dire les choses à propos de mon père comme elles sont et précisément, elles ne sont pas. Vous me regardez avec insistance. Vous dites : vous rendez-vous compte que nous avons notre première discussion ? Je dis : c'est peut-être à cela que servent les pères : à réunir les fils. Vous dites : j'aime parler avec vous. Vous rencontrer fut décidément un événement important. Combien de fois, au cours d'une existence, éprouve-t-on le sentiment net, exact qu'on rencontre quelqu'un qui comptera ? C'est ce sentiment que j'éprouve avec vous. Ah, si vous l'acceptiez, Vincent, je crois bien que nous pourrions être des amis. Je dis : je suis déjà votre ami. Au moment où nous parlons, cette amitié s'est déjà produite.

Parlez-moi de votre mère. Tout le monde dit qu'elle fut le grand amour de votre vie. Parlez-moi de ça, qui m'est absolument inconnu, qui est un grand mystère, quelque chose de pratiquement inabordable. Et, disant cela, je me doute bien que je vous déplais, que je ne devrais pas prononcer des mots pareils, que vous m'en voudrez, même si vous le nierez. Mais je préfère l'honnêteté envers vous, Marcel. Vous m'en voudriez bien davantage de feindre d'être autrement que je suis. Oui, Marcel, parlez-moi de l'amour d'un fils pour sa mère, et de la tendresse d'une mère envers son enfant. Vous dites : c'est difficile de parler de maman, je veux dire directement, en la nommant. Mes livres parlent d'elle : il vous faudrait les lire. Du reste, les livres servent aux écrivains à parler de leurs mères. Tout ce que vous voudriez savoir au sujet de la mienne, vous le trouveriez dans mes écrits. Elle est partout. Elle est au commencement, elle est là dès la première phrase écrite, elle ne me quitte jamais. Sa présence est sur tout. Elle est la figure tutélaire, le guide, celle qui montre le chemin. Le culte que je lui voue est religieux. Vous ne pouvez pas imaginer l'influence qu'elle a eue sur mon existence, celle qu'elle exerce encore près de dix ans après sa disparition. Je crois souvent que ma vie, que toute ma vie s'est façonnée par rapport à elle, que tout procède d'elle. Je demande : mais il n'y eut jamais de révolte ? Vous répondez : si, bien sûr, la révolte est indissociable de la soumission comme la haine n'est jamais loin de l'amour. Comprenez-moi, il m'a fallu aussi vivre avec ce sentiment de ne pas être exactement celui qu'elle attendait, et accepter ça, et assumer ça, malgré la culpabilité. Je n'ai pas cédé sur l'essentiel, et, d'ailleurs, comment le pourrait-on ? Dans les dernières années de sa vie, nous avons aussi lutté l'un contre l'autre. Et il faut bien que le fils triomphe de la mère, c'est le sens de l'histoire, c'est la victoire du temps. J'ai attendu, peut-être plus que d'autres, que le temps m'offre cette victoire. Mais je vous le dis : je suis pourtant un fils inconsolable. La disparition de ma mère a été la plus grande tragédie. Elle m'a dévasté. J'ai pensé que je ne survivrais pas à cette disparition, que je n'en serais pas capable. Je dis : pourtant, vous avez survécu. Vous dites : je reconnais bien là la liberté de ton, de pensée que je devine chez vous. Mais faites attention tout de même à ne pas blesser ceux qui vous aiment. Je dis : mon intention n'était pas de vous blesser. Je crois qu'on survit à tout. Je crois que la vie est plus forte. Je crois que le temps est assassin et balaye les visages du passé en emportant avec lui les épreuves qu'on pensait ne pas pouvoir surmonter. Vous dites : ainsi, vous n'aimez point votre mère ? Je dis : vous ne m'avez pas écouté. Je n'ai aucune antipathie envers ma mère. Simplement, je n'ai plus de tendresse. Elle et moi, nous avons appris à faire semblant et à nous en contenter. Vous dites : votre vie de jeune homme est décidément bien triste, sans que vous le sachiez. Je dis : ma vie n'est pas triste, puisque je vous ai, vous, Marcel.

Vous me regardez, ému par ce compliment que j'ai su tourner. Vous ne savez pas exactement le crédit qu'il faut apporter à un tel compliment. Vous ne me demandez rien. Vous préférez ne pas savoir. Vous préférez emporter le doux souvenir de ce compliment et le croire vrai. Je suis le cheminement de votre pensée. Je ne dis rien. Surtout, je ne dis rien.

Vous finissez par reprendre la parole. Vous savez, je ne voudrais pas être un père de remplacement pour vous. Je n'ai rien d'un père. Et ce n'est pas de ce genre de relation que j'ai envie avec vous. Vous me comprenez, n'est-ce pas ? lorsque je me refuse à cette paternité et que je vous demande autre chose. Oui, bien entendu, je vous comprends. Je comprends que vous êtes un homme sans descendance, que c'est quelque chose que vous avez su très tôt dans votre vie sans doute, et que vous assumez, que vous ne souhaiteriez pas être encombré d'un enfant, que la paternité vous est une chose tout à fait étrangère. Cela se voit au premier regard. Ce n'est donc pas ce que je puis rechercher chez vous. C'est d'autant moins ce que je recherche que je n'éprouve pas le manque d'un père, je n'éprouve pas cette frustration-là, que ce n'est pas une image à quoi j'aurais le besoin de me rattacher. Marcel, je ne veux pas que vous soyez mon père. Je vous l'ai déjà dit et je vous le redis, parce que ça ne m'est pas un aveu difficile : je veux que vous soyez mon ami et je crois cela, absolument, que c'est possible, qu'il faut que vous fassiez, comme je l'ai fait, que vous oubliiez la différence de nos âges, celle de nos histoires, celle, certainement, de nos avenirs. Il faut que vous alliez au bout de la logique de votre désir de ma compagnie. Vous dites : comment faites-vous ? Comment faites-vous pour tout deviner, tout comprendre, et tout rendre simple ? Et puis, cette franchise... Je dis : il faut tâcher d'être au plus près de la vérité. C'est ce qui exige le moins d'efforts.

L'agitation du café retombe un peu, étrangement. On dirait, tout à coup, que la pudeur reprend ses droits dans une sorte d'assourdissement des conversations. À côté de nous, un couple se contemple en silence. Plus loin, un vieil homme est absorbé par la lecture du *Figaro*. Dehors, sur le trottoir, les hommes semblent marcher au ralenti. Je prends quelques instants pour observer cette accalmie. Mon regard s'évade. Vous demandez : à quoi pensez-vous ? Je réponds : précisément, à rien. Je regarde ce monde autour de nous, ce monde singulier des gens dans les cafés, ce monde qui est un instant, une réunion du hasard. Je pense que nous n'aurons plus jamais la compagnie qui est la nôtre en ce moment, que ceux qui sont ici, dans ce lieu, ne se connaissent pas entre eux, qu'ils se trouvent ensemble par coïncidence, qu'ils se disperseront sans éprouver un sentiment de perte, qu'ils ne se reverront pas, que cette assistance n'existe que le temps de boire un café, lire un journal, rédiger du courrier, raconter une enfance. Et c'est une idée qui m'intéresse, sans que je sache expliquer pourquoi. Vous dites : c'est la fugacité et le hasard qui vous intéressent. C'est l'instant présent, sa futilité, son essence mortelle, qui vous intéressent. C'est cela aussi, avoir seize ans : n'être que dans les moments périssables, quand, moi, je n'affectionne que les événements qui durent, qui prennent leurs racines loin dans le passé, dans la mémoire. Ma vie est derrière moi et je travaille à la retrouver, à la rassembler, à lui donner un sens. C'est une autre de nos différences. Je dis : vous avez raison. Ce travail dont vous parlez est une activité à laquelle je ne songerais même pas à me livrer.

Vous dites : à seize ans, on croit n'avoir pas de souvenirs, on croit n'avoir qu'un avenir. En somme, là où vous avez raison, cent fois raison, c'est que la vie vous attend, comme un boulevard qui s'ouvrirait devant vous, comme une allée vierge et dont on ne sait pas la fin. Là où vous avez tort, cent fois tort, c'est que peut-être l'essentiel s'est déjà joué, que tout s'est formé dans l'enfance, dans les années que vous venez de traverser : ce qui arrivera peut n'être qu'une conséquence de ce qui s'est déjà produit. Voilà pourquoi je fais ce travail de mémoire, qu'on prend pour de la nostalgie et qui me fait être traité de passéiste. Je scrute le passé pour mieux apprivoiser le présent et je retrouve dans le présent des sensations que j'ai expérimentées dans le passé. Le souvenir vient jeter un lien entre hier et aujourd'hui. C'est aussi simple que cela. Il ne faut pas chercher plus loin. Je dis : le temps, c'est ces minutes avec vous, ce n'est rien d'autre que ça.

Un serveur vient discrètement vous apporter un pli qu'il glisse sur la table comme une missive secrète, avec un air de conspirateur. Je m'amuse de cette mise en scène. Je m'amuse que le serveur tâche de translater l'importance qui est la vôtre sur le pli qui vous est adressé et, par ricochet, sur celui qui vous l'apporte, c'est-à-dire lui-même. Vous ne remarquez pas ce manège un peu risible. Vous feignez l'indifférence à cet univers domestique qui vous entoure et vous vous préoccupez uniquement de ce courrier qu'on vous transmet. Vous dites : vous permettez ? Je permets, d'un hochement de la tête. Vous lisez, attentivement, comme si du contenu du pli dépendait votre existence entière. Vous affichez cette concentration de la lecture qu'on a pour les ouvrages les plus difficiles. Vous relevez la tête : cher enfant, je crains que nous ne devions nous en tenir là pour aujourd'hui. La marquise de V. est au plus mal et me fait demander. Bien élevé, je vous interroge : rien de grave, je l'espère ? Vous dites : la marquise de V. agonise avec une régularité telle que nous accueillerons la nouvelle de son décès avec le plus grand scepticisme. Mais son amitié m'est précieuse et la mienne lui est, je le crois, tout autant. Aussi nous devons-nous l'un à l'autre. Je dis : vous me laissez alors ? Vous dites : oui, mais nous nous reverrons très bientôt. La prochaine fois, je vous donnerai rendez-vous au Ritz. C'est mon quartier général, vous savez. Je dis : il y a pire endroit pour mener ses guerres. Vous souriez. Au moment de nous séparer, vous dites : eh bien, quoi, vous ne m'embrassez pas aujourd'hui ? C'est la foule qui vous impressionne ? Vous semblez me lancer un défi et je crois qu'au fond de vous vous estimez et vous espérez que je n'aurai pas l'audace de le relever. Alors, je saute à votre cou. Vous vous raidissez un peu devant cette effusion inattendue. Vous tentez de conserver une contenance sans véritablement y parvenir. Autour de nous, d'aucuns n'ont pas pu s'empêcher de se retourner. Nous quittons le café sous les murmures et les regards épouvantés.

Marcel, j'aime l'insouciance que vous m'autorisez.

7.

Je retrouve ta chair. Je passe d'un monde à l'autre. Cela n'est pas si difficile.

D'abord, tu me prends dans tes bras. Tu as ce geste immédiat, instinctif de rechercher mon contact, d'être contre moi, d'imprimer ton corps sur le mien, d'atteindre ce moment où ils sont en symbiose, où leurs épousailles les transforment en un seul objet. D'abord, tu cherches mes lèvres, tu dessines un baiser, tu trouves ma langue, nous mélangeons les salives. D'abord, il y a cette fougue irrésistible, cette nécessité de l'autre, l'intimité charnelle. D'abord, tu ne parles pas, tu ne prononces pas une parole. La chambre est pleine de notre silence, du seul bruit des corps qui se frottent, du soupir des bouches qui s'emmêlent. C'est le silence le plus sensuel, celui qui dit tout sur ce que nous sommes, ce qui nous réunit, ce qui nous attend. Je te laisse faire. Bien plus, j'attends que tu te comportes de la sorte. Ma bouche descend le long de ton torse que j'ai délesté de ses vêtements. Elle tente de s'emparer, d'une tentative sans espoir, de la peau, des muscles, de l'ossature, de la substance. C'est un baiser carnivore. Je sens parfois un tressaillement. Je sais que c'est le plaisir, qu'il n'y a pas de culpabilité, pas de sentiment d'agir mal, pas dans cet instant du don de soi. Les lèvres continuent leur descente, s'arrêtent sur le bas-ventre, où c'est le plus ferme, où la force se mesure, où la puissance s'exerce et où, pourtant, la vulnérabilité paraît la plus grande, où le risque s'affirme parce que les défenses tombent. Et, puis, la bouche effleure la verge. Je suis émerveillé par l'incroyable douceur de ton sexe. Je ne sais pas, je ne peux pas savoir, si c'est pour tous les hommes pareil mais je pressens l'incroyable douceur universelle du sexe des hommes. Ma langue te décalotte. Je connais les gestes du plaisir, comme un expert, comme un débutant. Je les connais comme si on les connaissait d'éternité, comme une chose innée. Ton sexe durcit dans ma bouche. Rien ne pourra nous arrêter.

C'est seulement quand nos semences sèchent sur nos corps fatigués que tu peux te décider à parler. C'est seulement quand nous avons achevé cette communion solennelle que tu te sens capable de prononcer une parole. Et, bien sûr, je sais que tu vas évoquer la guerre, que tu ne pourras pas faire autrement, que tu n'échappes pas à cette obsession, à ça qui pèse sur toi au point d'être devenu toi. Tu dis : ce qui te fait entrer dans la guerre de plain-pied, plus que l'embrigadement, plus que l'arrivée sur cette rive inconnue qu'est le front, plus que les premiers mots maladroits échangés avec des camarades d'infortune qui ont en commun avec toi de pouvoir n'être plus vivants dès le lendemain, plus que l'attente fébrile, frileuse au milieu de torrents de boue, plus que les ordres hurlés, c'est la première fois où tu sors de la tranchée pour monter à l'assaut. Ce moment précis, cette première fois, c'est la guerre vraiment, la guerre pour toi, c'est le risque maximal. Cette exposition des corps, cette offrande, c'est le risque maximal. Il faut avoir vécu ce moment pour comprendre que c'est la peur absolue, totale, indépassable, et une chose insensée, un pur suicide. Personne que nous ne peut comprendre. C'est incompréhensible par vous tous. Et, curieusement, je vous en veux de cette incompréhension, alors que vous n'êtes pas coupables d'être dans l'impossibilité de comprendre. J'en veux aux vivants de ne pas savoir ce que c'est que la mort, j'en veux à ceux qui sont restés de ne pas savoir ce que c'est que d'être partis, j'en veux à ceux qui racontent quelque chose qu'ils n'ont pas vécu de parler sans savoir. Et cette hargne-là aussi, d'une certaine façon, elle aide à tenir. Je dis : à moi aussi, tu en veux ? Tu dis : à toi, je n'ai jamais réussi à en vouloir, alors que tout t'a été donné, que tout t'a été épargné, alors que tu devrais être celui à qui j'en voudrais le plus. Comment aurais-je pu t'en vouloir alors que je t'aime depuis si longtemps ?

Je pense : il vient de dire ces mots, je t'aime. Il vient de prononcer cette phrase, je t'aime. Je suis dans l'effroi merveilleux de cette phrase par lui prononcée. Je suis incapable du moindre mouvement. Mes lèvres sont scellées. Il s'est tu. Il reste dans l'air, comme en suspension, la sonorité de la phrase par lui prononcée. Elle emplit la chambre entière. Au bout d'un moment, je pose ma tête sur son ventre, ma joue chaude sur la chair dure. Je songe : Arthur, nous sommes en train de vivre la plus grande aventure qui soit.

Ma tête toujours posée contre ton ventre, le regard sur la chair molle de ton sexe, je t'entends me dire : monter à l'assaut, c'est consentir à mourir et c'est désirer vivre, avec ferveur, avec rage et ce désir fervent, rageur de vivre, il ne peut s'exprimer que par la mort de l'autre, de l'ennemi. La guerre est un balancier. On ne vit que si l'autre meurt. Et nous ne gagnerons que si les autres meurent plus vite que nous, et en plus grand nombre. C'est aussi simple que ça. Alors nous montons à l'assaut pour tuer. La trouille au ventre, nous partons tuer. Nos baïonnettes sont des protections dérisoires, s'ils sont plus nombreux que nous, s'ils utilisent des obus, des gaz, mais elles sont nos seules protections. Nous ne pouvons compter que sur elles. Nous en venons à les aimer comme une personne, comme quelqu'un qui nous accompagne. Nous pouvons les détester aussi bien quand elles s'enrayent, quand elles ne sont plus que des lames de boucherie visant au hasard, traversant de la viande, embrochant des corps anonymes dans un horrible fatras. Vincent, j'ai tué des hommes, des soldats allemands, des types qui avaient mon âge, mes cheveux blonds, mes yeux bleus. Certains, sans doute, étaient très beaux. Beaucoup, comme nous, sans doute, n'avaient pas voulu de cette histoire. J'ignore combien il y en a eu. J'ignore combien sont morts parce que je les ai transpercés. Un jour, j'ai arrêté de compter, parce que c'est une comptabilité trop terrible. Vincent, tu dors avec un assassin. Je dis : je dors avec un homme qui a réussi à rester vivant, avec un survivant. Je dors avec toi, Arthur, et j'en suis émerveillé.

Tu dis : pardon de parler de la mort tout le temps, quand nous devrions simplement parler d'amour. Tu es pardonné. Comment faire autrement que de parler de la mort, qui te cerne jour après jour ? Et puis, sans elle, sans cette menace sur ton existence, nous serions-nous rencontrés ? Je maudis cette guerre, bien sûr, et je la bénis dans le même mouvement, car c'est elle qui te donne à moi, c'est elle qui t'a précipité entre mes bras. Tu dis : ne dis pas ça. Je ne peux pas entendre ça. Je ne le dirai plus puisque tu me le demandes.

Alors, le silence revient dans la chambre de mon enfance. Je regarde les volets fermés sur la fenêtre ouverte. Je regarde le liseré rouge de la tapisserie, les photographies sur le mur, la reproduction d'une toile du Greco, les meubles du siècle dernier, qui proviennent de l'ancienne demeure des aïeux disparus, l'imposant miroir au-dessus de la cheminée de marbre, un fauteuil dont l'étoffe est usée, et le lit où nous nous trouvons étendus, dans le désordre des draps de famille, ceux où figurent les initiales des noms du père et de la mère, comme des armoiries ridicules. Je regarde ce tout petit monde qui n'est pas à notre mesure, ce lieu étrange où je n'imaginais pas perdre ma virginité, cet espace incertain où nous tanguons délicieusement. Je songe que la vie est curieuse, tout de même. Je me retourne vers toi et j'embrasse ton visage, où les yeux sont clos.

Tu reprends : on ne peut pas imaginer. Ce sont deux armées épuisées qui se font face, et qui toujours repartent au combat, pour revenir plus épuisées et moins nombreuses. Ce sont des hommes à bout qu'on envoie aux premières lignes, à la rencontre de guerriers que la fierté nationale seule ne parvient plus à transporter. Ce sont les munitions qui viennent à manquer, qui nous laissent désemparés, à la merci de l'ennemi. Ce sont des lignes successives dans lesquelles on s'enterre, un peu plus de boue, encore un peu plus. Ce sont des cadavres fauchés par les mitrailleuses qui restent accrochés aux barbelés, comme des trophées humains, comme la mesure d'une victoire ou d'une défaite. Chaque jour, ce sont des corps qu'on palpe, pour déterminer s'ils sont encore en vie ou non, un voisin qui disparaît. Chaque jour, nous sommes moins nombreux. Chaque jour, sans les voir, je pense à toutes ces croix blanches dans les cimetières de France, à ces sonneries aux morts, ces musiques funèbres qui sont si lentes, si déchirantes, je pense à ces coups de feu qu'on tire en hommage aux disparus, sous les cyprès, à ces discours que tiennent dans le froid des conseillers municipaux, et qui resserviront au prochain enterrement, je pense à la famille qui n'est pas là, parce qu'on meurt toujours loin de sa famille, ou parce qu'on n'a pas su reconnaître le corps de la victime, et qu'il faut bien lui donner une sépulture quand même. Je pense à tout cela et je porte comme un fardeau inconcevable la stupéfaction des survivants.

Je pense aussi aux fosses communes, à l'anonymat des ossuaires, aux cadavres non identifiés qu'on mélange dans une ultime humiliation, à la main brisée de l'un sur le visage mutilé de l'autre et la terre sur tout ça, qui finit par tout recouvrir et où pourrit notre jeunesse perdue.

Tu dis : il faudrait ne plus parler de ça mais c'est absolument impossible.

Je dis : j'aime ta peau, ton odeur, la vie qui bat. Je t'écoute mais ce que je veux retenir, c'est ta peau, ton odeur, la vie qui bat. Je sais qu'être au milieu de tes bras, c'est la chose la plus importante. Je sais qu'il n'y a rien de plus fort que ça ; que la guerre, la mauvaise mémoire ne peuvent rien contre ça. Moi dans l'ouverture de tes bras. Je sais que le premier soir avec toi, c'était une naissance, une venue au monde, un éblouissement, un rai de lumière. Le reste, tout le reste, la souffrance, la peur, je les prends avec moi. Arthur, je suis là. Il y a juste à se laisser aller, à s'abandonner. Il faut un relâchement, presque rien, une nuance, pour que tout soit différent. Tu dis : tu as raison. Il m'arrive cette chose merveilleuse, miraculeuse, qui est d'être avec toi. C'est tout ce qui compte.

Quand le silence se fait à nouveau dans la chambre, je pense : c'est la troisième nuit que nous passons ensemble. La troisième des sept nuits auxquelles ta permission te donne droit. C'est une semaine de l'été 1916. J'ai seize ans, les cheveux noirs, les yeux clairs. Je m'appelle Vincent de L'Étoile. C'est une semaine d'un soleil énorme. La semaine de tous les bouleversements. Celle de ma rencontre avec Marcel P. et avec Arthur V., de ma confrontation avec un esprit et avec un corps, d'un rendez-vous inattendu avec la vie facile et avec la mort possible. Je crois au hasard, si bien que je ne souhaite voir dans cette simultanéité qu'une coïncidence. J'essaie de trouver le sommeil et je finis par y arriver.

Au petit jour, je contemple ton visage détourné qui repose sur ton bras droit, les plis de ta nuque, le creux de tes omoplates où le soleil du dehors jette une flaque de lumière, ton dos parsemé de grains de beauté comme des repères pour plus tard, tes fesses duveteuses sur le rebond desquelles le drap a stoppé son glissement, ton endormissement lourd. C'est un instant de toi pour l'éternité, quoi qu'il puisse advenir.

8.

Ainsi donc, l'hôtel Ritz possède cette majestueuse indécence, ce luxe faramineux qui frappe comme une injustice ou une injure, mais qu'on accueille comme un cadeau qu'on ne pensait pas mériter, un délice. Je passe des étreintes fiévreuses d'Arthur aux attentions obséquieuses de concierges serviles, de la maladie de la guerre à l'éclatante santé des riches, de la gravité à la futilité, de la conscience universelle à la frivolité de quelques-uns. Pour la première fois, j'éprouve de la difficulté à effectuer la traversée d'une rive à l'autre. D'abord, vous ne remarquez pas ma gêne, ou plus exactement vous ne la soupçonnez pas : comment soupçonneriez-vous de la gêne chez un garçon que rien n'affecte ? Vous dites : la place Vendôme, ça vous a un chien, tout de même ! Vous enchaînez : que pensez-vous de mon palace ? Savez-vous qu'il est le plus luxueux, le plus moderne de Paris, que nous avons l'électricité à tous les étages ? Ah ! je vous le dis, il n'y a guère plus que Venise pour rivaliser avec Paris ! Savez-vous qu'ici on croise des princes et des actrices, et puis aussi, bien sûr, des écrivains vieillissants ? Je réponds : non, je ne sais rien de tout cela. D'ailleurs, je ne sais rien du tout. Rien de cette vie-là. À ma remarque, vous comprenez qu'il y a quelque chose de changé dans mon comportement. Vous questionnez : y a-t-il un souci dont vous voudriez me faire part, cher enfant ? Je dis : pourquoi me nommer « votre enfant » ? Je croyais que vous ne teniez pas plus que ça à ce que je vous appelle « papa ». Dans un plissement des yeux, vous dites : eh bien, Vincent, je crois que nous avons notre première dispute ! Et, disant cela, évidemment, vous retournez la situation, vous m'obligez à battre en retraite, sauf à paraître un rustre. Je dis : pardonnez-moi, Marcel. Je ne suis pas venu ici dans l'intention de ferrailler avec vous. Au contraire, vous savez comme j'apprécie votre compagnie et je me réjouis de nos rendez-vous désormais quotidiens, de ces après-midi que vous avez la gentillesse de m'accorder. Sans doute, l'apparat de cet établissement m'a-t-il un peu choqué, alors que nous avons aperçu, tout à l'heure, au-dessus de nos têtes, les zeppelins de l'armée allemande. Sans doute est-il un peu surréaliste de vous retrouver dans ce lieu alors que les bombardements pourraient se rapprocher. Vous dites : on a une idée assez exacte de la guerre depuis les fenêtres du Ritz, quand bien même cela pourrait vous surprendre. D'ici, je contemple une ville qui courbe l'échine, la ville la plus belle du monde menacée d'anéantissement. Je contemple un peuple qui a peur et, pourtant, je me souviens de ce que c'est, le peuple de Paris. Et, voyez-vous, je crois qu'on peut faire reculer la guerre en faisant donner des concerts ou des soupers. J'ai cette croyance-là. On peut combattre l'ennemi par l'art. On peut combattre l'ennemi en persévérant à vivre. C'est se terrer qui serait leur vraie victoire, notre défaite totale. Je ne me cacherai pas dans des caves. Je ne suis pas fait comme cela, voilà tout. Je continuerai à recevoir mes amis, à écouter jouer le divin Fauré, à écrire des livres, la nuit, quand c'est le couvre-feu. Je ferai la nique aux Allemands, à ma manière. C'est la seule façon que j'ai de mener cette guerre, la seule à ma disposition. Je suis un artiste asthmatique et mondain !

Je ne vous demande aucun compte, Marcel. Cela n'est pas dans mon genre. Vous n'avez pas à vous justifier de quelque chose que, de toute façon, je ne vous reproche pas, pour la simple et bonne raison qu'il n'y a rien à vous reprocher. Mon intention n'était nullement de vous entraîner sur le sujet de la guerre. C'est d'ailleurs un chemin sur lequel j'évite de m'aventurer, car je vois bien que je ne sais rien. J'ai l'excuse de mes seize ans. Vous dites : c'est une fausse excuse, d'évidence, mais elle est tellement jolie qu'on vous l'accorde volontiers. Et vous poursuivez : je ne suis ni un pacifiste ni un belliciste. Je crois que j'aimerais simplement ne pas avoir d'opinion à propos de cette guerre, comme à propos de toutes les guerres. J'aurais aimé que cette guerre ne changeât rien à ma vie, qu'elle n'en affectât point le cours. J'aurais aimé demeurer à l'écart. Et, bien sûr, cela n'a pas été possible. Cette guerre affecte toutes les existences. Vous savez, Robert, mon frère, qui est médecin, opère dans des hôpitaux de fortune, sur le front, et l'admiration et le respect que j'ai pour son dévouement et son courage sont égaux à la peur que j'éprouve chaque fois que du courrier arrive, la peur de l'annonce de sa disparition. Et puis, aussi, je dois vivre avec mes morts, continuer de vivre alors que ceux que j'aime ont été tués, là-bas. J'avais un bon ami, un ami cher à mon cœur, qui est tombé aux tout premiers jours des combats. J'écris à propos de mes morts. C'est cela que je fais, pas autre chose. Dans ces années de sang et de fureur, je tâche de composer une œuvre dans laquelle la figure des disparus occupe la première place. Voilà ce que je fais. Cela, et dîner au Ritz, pendant les alertes. Vous trouvez cela étrange, peut-être. C'est juste que je suis inconsolable.

Je ne dis rien. Je vous ai écouté parler, dans le grand silence menaçant d'un salon du Ritz. J'ai écouté votre parole remplir l'espace impressionnant, rebondir contre les imposants miroirs, les tentures rouges, les lustres dorés. J'ai vu cette parole s'emparer de cet espace, devenir cet espace. Tout à coup, il n'y a plus eu que vous, racontant d'une voix grave, votre guerre. Et il y a eu, pour finir, cette phrase, posée comme un déchirement qui résumerait votre existence entière : c'est juste que je suis inconsolable. Je ne dis rien.

Et puis, je finis par dire : je ne pensais pas déclencher cela quand, d'une manière un peu maladroite, j'ai exprimé ma gêne à me trouver dans cet endroit, ici et maintenant. Cette gêne-là a tout à fait disparu. Elle a été remplacée par celle de vous avoir peut-être offensé, mal jugé et d'avoir avivé des plaies non refermées. Vous dites : Vincent, vous ne pouvez pas m'avoir offensé. Vous êtes mon ange, vous vous rappelez ? Et, cette fois, c'est vous qui venez déposer un baiser sur ma main. C'est ça que vous faites précisément : vous prenez ma main droite, vous la retournez lentement, vous l'observez pendant quelques secondes, et puis, vous vous penchez en avant, vous vous inclinez vers le creux de ma main, et délicatement vous l'embrassez. Je sens vos lèvres humides sur ma peau, les poils de votre moustache, votre souffle d'asthmatique. Autour de nous, le silence paraît s'être encore alourdi. Le ballet des serveurs, des maîtres d'hôtel paraît s'être momentanément figé. Il y a juste votre visage au creux de ma main. Dans ma tête continuent de résonner vos derniers mots : je suis inconsolable.

Vous reprenez, et j'ai peur, lorsque je vous entends reprendre, ainsi, un discours qui s'est suffi à lui-même, qui est assez, que vous ne prononciez des mots moins importants, que la force de vos propos précédents ne se dilue, ne se perde dans la volonté prétentieuse de pousser votre avantage. J'ai peur de cela et je souhaiterais ne pas vous entendre, demeurer dans le silence de cathédrale du grand salon de l'hôtel Ritz. Mais je ne puis rien empêcher. Vous reprenez : j'ai été soldat, autrefois, il y a plus d'un quart de siècle, à Orléans. J'ai accompli mon service militaire et, le croirez-vous, j'ai aimé cela, ce fut une des périodes de ma vie parmi les plus heureuses. Une des seules où je me suis senti utile. Une des seules également où j'ai pu apprécier la compagnie de jeunes gens qui n'étaient pas de mon milieu et dont la rudesse dissimulait mal la poésie, dont le désœuvrement n'interdisait nullement le sens de la discipline, et dont la spontanéité, tout simplement, m'émerveillait. Comment vous l'avouer ? Il y avait là, entre nous, une intimité immédiate, facile, de celles qu'on croit impossibles avec des inconnus et cette intimité me procura une manière d'apaisement. Ainsi, les choses pouvaient être simples. Ces jeunes gens étaient bons. Eh bien, je crois que ce sont les mêmes gens qu'on envoie aujourd'hui à l'abattoir, ces beaux visages francs où s'ouvrent de larges sourires, ces corps aux épaules massives, à la démarche gauche, à l'appétit si décomplexé. Je songe qu'à vingt-cinq ans de distance c'est la même histoire des hommes qui se reproduit. Ce sont les fils de mes compagnons qui meurent près de nous, sans avoir rien voulu. J'ai aimé l'armée, Vincent, mais je hais la guerre. Je hais cet événement qui fauche une génération de cœurs simples et qui saccage mes souvenirs. Les belles années, et elles furent rares, disparaissent aussi dans le déluge de feu et de bêtise. Vincent, trouve-t-on jamais le repos ?

Non. La réponse, sans doute, est : non. Non, Marcel, vous ne trouverez pas le repos. Vous apaiserez parfois certaines de vos angoisses et de vos douleurs. Vous connaîtrez à nouveau de temps à autre l'enchantement des années perdues. Mais vous n'échapperez pas à cette lente agonie. Vous subirez cette inévitable défaite que le Temps nous inflige. Tout est perdu. Depuis le commencement, tout est perdu. Non, Arthur, tu ne te soustrairas pas à la malédiction de la guerre. Que tu t'en sortes ou non, la guerre te marquera d'une éternelle empreinte. Tu vis, avec moi, des instants où tu t'extrais de ton malheur, mais il ne s'agit que d'instants fugaces. Non, on ne trouve jamais le repos.

Oui. La réponse, assurément, est : oui. Marcel, vous parviendrez à une manière d'apaisement. Vivre avec vos morts, remonter le temps, cela vous procure le courage d'être vivant, d'inventer un avenir, d'être encore là malgré tout. Oui, Arthur, tu peux t'en sortir. Si la chance est avec toi, tu peux t'en sortir, échapper au carnage. Et alors, tout sera possible. La vie sera belle. Les matins seront éclatants. Tout recommencera. Tout recommence toujours. Oui, on finit par trouver le repos.

Je ne sais pas. Je ne sais pas. Comment pourrais-je savoir ?

9.

Alors, au quatrième jour, cela devient comme un rituel. Voilà que, désormais, je passe chacun de mes après-midi avec Marcel et chacune de mes nuits avec Arthur. Voilà que, dans un mouvement de balancier minutieusement réglé, je passe de l'un à l'autre. Voilà que ma vie tout entière s'organise, finalement avec facilité, autour de ces deux seuls hommes. Mes habitudes ont ainsi radicalement changé et je me fais à mes nouveaux repères. Je n'oublie pas que l'horizon, au moins pour l'une de ces deux habitudes, se borne à la fin de la semaine, mais je ne veux pas penser à cela. Je veux que ce soit l'instant qui existe, et non l'imminence certaine de perdre cet instant, non la perspective certaine de devoir, pour finir, le faire glisser du présent vers le passé, de la joie du moment à la morsure du souvenir. Mais qui comprendra cela ?

Je suis à peine rentré du Ritz que tu frappes à ma fenêtre, comme un amoureux qui se cache (et, après tout, c'est ce que tu es). Je te fraye un passage et tu es déjà dans mes bras. Je t'entraîne dans mon lit et la communion des corps se produit. Faire l'amour aussi devient un rituel.

Il y a dans tes gestes plus de vigueur que d'ordinaire, comme si la possession t'importait davantage, comme s'il te fallait prendre le dessus d'emblée, ou comme si tu te vengeais de quelque chose, de quelque mauvais sort qu'on t'aurait fait. Je consens à cette violence car je crois deviner qu'elle est un exutoire. Lorsque tu reposes enfin ta chair fatiguée sur ma chair malmenée, lorsque ton poitrail et ton ventre s'impriment sur mon dos, collés par la sueur, lorsque nos jambes s'entremêlent comme une mécanique autonome, incontrôlable, je sais que je pourrais lire de la terreur dans ton regard. Tu es un jeune homme animé par la terreur.

Tu dis : ces jours sont une torture. J'ai beau vouloir les savourer pleinement, les croquer à belles dents, je sais qu'ils finiront vite, qu'il faudra repartir et cette idée gâche absolument le goût de mes plaisirs. Cette semaine n'est qu'un décompte, un compte à rebours. Je m'en veux de penser cela, de confesser cela, mais c'est la vérité à peu près. Les journées passées avec la mère sont horribles. Elles sont comme les journées d'un deuil à venir au lieu d'être simples, peut-être même joyeuses.

Leur douceur possible est anéantie à l'avance par la borne affreuse de ce dimanche. Il y a une peine énorme, un chagrin sur tout, une noirceur effrayante. La mère pleure. Souvent. Je sens qu'elle voudrait ne pas pleurer mais elle n'a pas les moyens de faire autrement. Elle pleure. Et elle demande qu'on l'excuse de pleurer. Aux premiers jours, je répondais, je faisais l'effort de répondre, de dire : pleure, si tu en as besoin et puis, pleurer n'est pas grave. Je ne t'en veux pas pour cela. Puis, j'ai dit : ces larmes ne servent à rien, rien qu'à te faire un peu plus souffrir. Il faudrait tenter de n'être pas malheureuse. Maintenant, je me tais. Il est inutile de parler. Elle pleure dans mon silence et je finis par la prendre dans mes bras. Les journées se passent comme ça, elle blottie contre moi. Je crois aussi qu'elle pleure pour éviter de dire des choses terribles, des choses dangereuses, des mots presque imprononçables. C'est une autocensure, une mutilation qu'elle se donne, afin que ça ne soit pas pire. Car, bien sûr, ça pourrait être pire. Pour elle, parler serait pire. Au début, j'essayais de détourner la conversation mais tous les sujets ramènent invariablement, même de manière extrêmement ténue, à l'éventualité de la mort prochaine. De partout, on reçoit des signaux. Évoquer l'enfance, c'est une manière de condamner l'avenir. On a l'impression de regarder les photographies d'un disparu. Évoquer le père est un événement impossible, interdit. Même aujourd'hui, aux heures de la plus violente intimité, l'évocation du père ne peut pas se produire. Alors, je n'insiste pas. Je décide de ne pas me battre avec ma mère. Pour le cas où je ne reviendrais pas, je ne tiens pas à ce que le dernier souvenir soit celui d'un combat. Voilà. Ces heures sont épuisantes. Et il y a toi. Toi, survenu par nécessité. Toi, qui es toutes les nuits. Toi, à qui je peux parler, qui écoutes. Toi, qui as seize ans, cette beauté entêtante. Les nuits avec toi me sauvent.

Cette chambre est un navire. Un navire à bord duquel nous naviguons, sur des mers calmes ou déchaînées, à la recherche de rivages paisibles ou accidentés. Il y a des soleils impressionnants et puis des coups de sirocco. Il y a des étendues d'eau à perte de vue et puis, brusquement, la côte. Il y a ce roulis incessant, qui nous berce ou nous secoue, qui nous accompagne toujours. Nous sommes des marins égarés, à bord d'un bateau ivre.

Le voyage continue. Tu dis : tu m'en voudras peut-être de te définir comme un adolescent mais, au fond, c'est encore ce que tu es et il n'y a rien d'infamant à cela. Tout au contraire, c'est l'âge d'une grâce insaisissable, d'une beauté en équilibre. Je veux te dire ceci, que tu dois croire : l'amour d'un homme pour une femme ne peut pas se comparer à l'amour de ce même homme pour un adolescent. L'amour pour une femme charrie tellement d'habitudes, de certitudes, de passages obligés qu'il devient rapidement quelque chose d'agréable, certes, mais qu'on maîtrise, qui n'apporte plus de réelle surprise. L'amour pour un adolescent, lui, renferme tous les émerveillements, tous les emportements ; il a cette intensité désespérée, il est menacé d'extinction à tout moment et porté au plus haut, précisément par la grâce. Dans cet amour-là, il y a des sommets et des gouffres, des palpitations et des petites morts, des lumières aveuglantes et des ombres effrayantes. Il y a toute la vie ramassée dans une étreinte.

Je demande : est-ce ceci que tu vois en moi, l'adolescence, seulement ? Tu réponds : j'aimerais pouvoir répondre oui, ce serait tellement plus simple. Mais la vérité est ailleurs. Je vois au-delà de ton adolescence. Si la vie m'était laissée, il se pourrait que je te prie de la partager avec moi.

Je suppose qu'il faudrait dire quelque chose, ne pas laisser cette déclaration en suspens, répondre ou non au fol espoir qu'elle renferme, mais comment indiquer une direction ? quoi répondre ? Plutôt se taire que se tromper, qu'anéantir une espérance par une phrase maladroite, mal prononcée, ou la nourrir en sachant que c'est peut-être la guerre qui, dans trois jours, dans trois mois, se chargera de l'anéantir. Se taire et réserver le commentaire à la page blanche du journal, noircie dans la solitude, dans la quiétude. Et, d'ailleurs, pourquoi écrire plutôt que rien ? Pourquoi cette manière de témoignage muet ? Mais parce que c'est la plus grande des aventures. Parce que la vie commence à seize ans, et j'ai seize ans. Parce que l'amour d'Arthur est la plus belle des offrandes, le bouleversement le plus décisif. Parce que l'amitié de Marcel est un don du ciel, un événement qui n'aurait pas dû se produire, dont la probabilité de survenance était infime. Parce que cette histoire relève de l'exception. Moi, Vincent de L'Étoile, je le dis : je suis l'amant d'un soldat de vingt et un ans, je puis être l'ami d'un des plus grands romanciers vivants, je n'en retire ni honte ni gloire, juste un immense, un indépassable bonheur. C'est ce bonheur que je veux écrire. Écrit-on autrement que pour conserver des instants ?

Tu dis : je connais peu de gens qui savent écouter comme toi tu sais le faire, mais écouter n'a jamais empêché de parler. Pourquoi demeures-tu si souvent silencieux ? À cette question, à laquelle j'ai déjà répondu par-devers moi, j'oppose un nouveau silence. Tu fermes les yeux, tu baisses la tête, tu esquisses un sourire d'abdication. Je caresse ta nuque.

Ce geste-là, de faire aller et venir ma main sur ta nuque, sur les cheveux courts, est un geste d'intimité pure, celui des amants éternels. Il nous amène là où personne ne peut nous rejoindre. Je finis par faire glisser ma main sous ton menton, je relève ton visage, je veux que tes yeux regardent dans les miens, qu'il y ait cette grande douceur des regards encastrés l'un dans l'autre, que nous échangions nos messages sans prononcer une parole. D'abord, je vois dans tes yeux une sorte de misère, la pauvreté. Alors, je fais en sorte que mon regard aille à l'intérieur de toi, qu'il efface cette misère, qu'il ramène la lumière, l'éclat. Et la mutation s'effectue, l'éclat revient ; du plus loin, il revient, et, avec lui, les lèvres dessinent un sourire. Voilà, ça y est. À nouveau, nous pouvons être ensemble. Tu tends ta main vers mon visage, elle passe à travers mes cheveux. C'est une reconquête. Il suffit maintenant de se renverser sur les draps.

Tant que je le pourrai, je ne parlerai pas.

Ton sommeil est anormalement agité. Le corps est en sueur dans la nuit de juillet. Il est en mouvement. Il semble traverser des distances infinies, et la route est accidentée. Je vois ce corps en révulsion, ce corps que je commence à connaître bien. C'est un spectacle un peu effrayant, tout autant que porteur de sensualité. À l'occasion d'une secousse plus forte que les autres, je choisis de te réveiller. Tout ton être suinte la peur. Le regard est apeuré. À la surface de la peau, j'observe des tressaillements nerveux. Ton premier réflexe est de te recroqueviller. Il te faut près d'une minute pour recouvrer un état normal. Alors tu dis : et si nous finissons quand même par revenir, si nous nous en tirons, mais que nous sommes blessés, que des membres ont été arrachés ou auront dû être amputés, si nous avons perdu la vue ou l'usage d'un bras, qui s'accommodera de nos restes ? Toi, Vincent, voudras-tu de mon corps mutilé ? Je te fixe et je finis par dire : il ne t'arrivera rien.

10.

C'est l'hôtel Ritz, à nouveau, l'après-midi. C'est votre territoire.

D'abord, vous dites : j'ai passé une nuit épouvantable, impossible d'écrire une ligne. J'ai été secoué par une crise d'asthme d'une très grande violence. L'asthme me tuera, entendez-vous ?

Alors, vous vous lancez dans une description minutieuse, médicale, de la crise d'asthme. Je retiens cette expression : le souffle des mourants. Vous dites que vous n'avez jamais pu respirer normalement, que vous souffrez de ces crises depuis l'âge de dix ans, que c'est la raison pour laquelle vous demeurez cloîtré la plupart du temps, qu'il vous faut d'interminables séances de fumigation. Je vous écoute geindre comme un vieillard auquel je ne trouverais pas d'excuses. Je m'en veux de penser cela. Je devrais me montrer compatissant, attentif à vos dérèglements, mais je n'y parviens pas. Je devine quelle torture doivent représenter de telles crises, quel chemin de croix doit être l'existence d'un asthmatique. Sans doute, je ne suis pas d'humeur à écouter des plaintes de cette nature. Je voudrais vous dire : parlons d'autre chose, nous évoquerons votre mal, un autre jour. Et, bien entendu, je ne dis rien.

Mon peu d'attention doit finir par vous apparaître puisque vous dites : je devine qu'un changement s'est produit, sans que je sois en mesure de le définir précisément. C'est dans votre attitude, dans la qualité de vos silences, dans les destinations de votre regard. Tout se passe comme si vous étiez là, avec moi, et puis, dans le même temps, ailleurs, avec un autre peut-être. Dites-moi, Vincent, s'il vous plaît, si je me trompe. Je dis : vous vous trompez, je vous l'assure.

Voilà. Je vous mens.

Pour la première fois, je vous mens, non pas par omission, mais délibérément. Et cette façon, enfantine, absurde, que j'ai de vous « assurer » que je ne vous mens pas souligne encore un peu plus ce mensonge. D'ailleurs, je suis presque certain que mon visage s'est empourpré au moment de proférer mon mensonge. Vous vous trompez, je vous l'assure. Comment cela pourrait-il échapper à l'homme dont le jugement est si aiguisé, dont le sens de l'observation est légendaire, dont la capacité à décortiquer chaque mot, chaque geste a quelque chose de chirurgical ? Non, vraiment, je ne suis pas fier de ce premier mensonge. Ou plutôt, je ne suis pas fier de l'avoir raté.

Vous dites : je n'apprécierais pas de savoir que vous me dissimuleriez quelque chose qui aurait de l'importance. J'attends de mes amis – et, c'est bien cela que nous sommes, n'est-ce pas ? des amis – qu'ils fassent preuve en toutes circonstances d'honnêteté, de sincérité. C'est bien le moins qu'on puisse attendre de ses amis, sans quoi où serait l'amitié ?

C'est un défi que vous me lancez. Vous avez deviné que j'ai menti, mais vous n'en avez pas l'absolue certitude. Ce chantage à l'amitié que vous me faites, qui me touche là où cela fait le plus mal, est votre manière de tenter de m'arracher un aveu. Cette culpabilité que vous faites peser sur mes épaules pèsera, vous l'espérez, d'un poids suffisamment écrasant pour que je revienne sur mes premières déclarations, que je confesse mon mensonge, que je vous en demande pardon. Je dis : ainsi, nous partageons la même conception de l'amitié. Moi non plus, je n'aimerais pas savoir que vous pourriez me mentir.

C'est cela que j'ai trouvé, sans le chercher. C'est cela que je vous lance, sans l'avoir prémédité. D'abord, je ne reviens pas sur mon mensonge. Je ne l'avoue pas. Il ne fallait sans doute pas mentir, mais puisque le mal est fait, je m'entête. Il me semble que la confession serait pire que ce premier mensonge. Ensuite, je retire une part non négligeable de sa probabilité à mon mensonge, en indiquant que, pour moi également, la sincérité est un des fondements de l'amitié. Celui qui oserait dire cela ne pourrait pas avoir menti, l'instant d'avant. Ou alors, on saluerait son audace. Enfin, je contre-attaque. Moi non plus, je n'aimerais pas savoir que vous pourriez me mentir. Désormais, le doute est sur vous. La suspicion passe de moi vers vous. Cette phrase anodine, prononcée sur le ton le plus détaché, ne laisse-t-elle pas entendre que vous auriez pu, à l'occasion, ne pas me dire l'exacte vérité, la vérité toute nue ? J'ignore totalement s'il a pu vous arriver de me mentir. Au fond, je crois bien que vous ne m'avez encore jamais menti. Vous avez peut-être simplement parfois tourné les choses à votre avantage comme on le fait naturellement dans toute tentative de séduction. Et puis, le mensonge ne recouvre pas, pour moi, le même degré de gravité que celui que vous paraissez lui attribuer. J'ai seize ans. Je crois que rien n'est vraiment grave, que la mort.

Et, évidemment, ça ne loupe pas. Vous dites : pensez-vous réellement que j'aurais pu vous mentir, Vincent ? Si vous pensiez cela, j'en éprouverais beaucoup de peine. Voilà. C'est vous maintenant qui tentez de vous disculper, de vous justifier d'une faute que, vraisemblablement, vous n'avez pas commise. Je vous regarde effectuer cette tentative. J'emprunte mon regard le plus doux, le plus compréhensif, quand, à l'intérieur, je crie victoire. Alors, je porte l'estocade. Je dis : je ne pense pas du tout que vous auriez pu me mentir. Je sais toute la valeur de notre amitié. Et puis, vous faire de la peine serait la dernière chose à laquelle je consentirais. Marcel, ce lien qui nous réunit m'est le plus précieux.

Vous flottez dans l'air du salon de l'hôtel Ritz.

Quand vous finissez par redescendre sur terre, c'est pour vous excuser à nouveau et me dire : il faut que vous sachiez, Vincent, que j'ai, de l'amitié, une conception un peu, voire tout à fait, tyrannique et possessive. Il y a, dans mon amitié, de l'exigence, une très haute exigence, que j'offre en retour, bien entendu. Il y a aussi, et je vous demande de me le pardonner par avance car je sais que c'est mal, associé au sentiment très vif de l'amitié, un instinct que je ne peux pas combattre puisqu'on ne triomphe jamais de ses instincts, un instinct très fort de propriété. Je voudrais que cela ne fût pas le cas mais je me comporte souvent comme si mes amis m'appartenaient et mes amis, eux-mêmes, peuvent disposer de moi à tout moment.

Maintenant, je sais précisément pourquoi je vous ai menti. Et je me rappelle précisément les mots que vous avez employés : tout se passe comme si vous étiez là, avec moi, et puis dans le même temps, ailleurs, avec un autre peut-être. C'est ce « avec un autre peut-être » qui est tout à fait insupportable. D'abord, ce « avec un autre peut-être » est faux. Non, Marcel, je ne suis pas avec un autre quand je suis avec vous. Ensuite, je ne vous dois rien, je veux dire : je ne me sens pas dans l'obligation de rendre des comptes. J'accorde beaucoup d'importance à notre amitié mais celle-ci s'inscrit dans un territoire. J'ai mes territoires. Enfin, oui, cet « autre peut-être » existe et vous parler de lui aurait déclenché une mémorable scène de jalousie que j'aurais sans doute eu du mal à supporter, parce que je ne supporte pas la jalousie et parce que les gens ne sont tout simplement pas comparables. Voilà, Marcel, ce que j'aurais aimé vous dire et que je ne vous dis pas.

Plus tard, et puisque nous sommes sur le terrain de l'amitié, je me risque : entretenez-vous la même sorte d'amitié avec les femmes et avec les hommes ? La réplique ne se fait guère attendre : pourquoi poser des questions dont vous connaissez les réponses ? Je vous interromps alors que vous vous préparez à poursuivre parce que je tiens à vous entendre dire cette différence.

Vous dites : l'amitié que je ressens pour une femme, c'est celle, déjà, que l'adolescent que je fus ressentait pour la mère de ses amis ; elle est demeurée intacte tout au long de ces années. J'aime l'esprit des femmes, Vincent. J'aime leur esprit avant toute chose. Et puis, bien sûr, je prise leur élégance. Il faut qu'une femme soit charmante ou qu'elle ne soit point. Enfin, quoi ?, voulez-vous m'entendre vous dire que je préfère les femmes plus âgées que moi ? Eh bien, c'est tout à fait exact ! Et, suivant le cheminement vif de votre pensée, je vous avouerai, en sus, que leur allure maternelle souvent me sied. J'aime la mère dans la femme, je veux dire : j'aime me sentir un fils. C'est ainsi qu'on peut être amoureux sans éprouver de désir. C'est ainsi qu'on peut écrire ses plus belles pages. Les femmes m'inspirent le respect et le goût de les séduire, d'être auprès d'elle, leur confident. Je ne suis pas un amant, ne l'ai jamais été. Je suis un amoureux, véritablement.

Il y a cette phrase : je ne suis pas un amant, ne l'ai jamais été. Je pense : ce deuil des femmes, comment le porte-t-on ? Je ne pose pas la question.

Je dis : vous ne me parlez point des hommes ? Vous vous exclamez : ah ! les hommes ! Il y a deux catégories d'hommes : ceux qu'on admire, ce sont les pères, les illustres, les savants, les considérables ; et ceux qu'on courtise, ce sont les jeunes gens, les esprits brillants, les oisifs, les futiles. Il y a de délicieux jeunes gens, le savez-vous ? Avec de très beaux yeux clairs. Ils sont préférables aux femmes idiotes et corrompues. Et puis, on peut rester pur en aimant les jeunes gens, non ? Je ne réponds pas à ce qui semble davantage une affirmation qu'un questionnement, sans que je sache vraiment si vous voulez signifier qu'il faut aimer les jeunes gens pour rester pur ou si on peut rester pur bien qu'on aime les jeunes gens. Avant que j'aie fini de m'interroger, vous avez cette phrase, incomparable : les jeunes gens, tout de même, sont une jolie consolation.

Et alors, je repense à vos mots : je suis inconsolable. Voilà donc ce qui vous console : les jeunes gens.

Je vous demande : est-ce cela que je représente pour vous, une consolation ? Vous vous cabrez : eh, mon cher Vincent, mon bel ami, quand bien même ce serait seulement cela, il ne faudrait pas vous en indigner car c'est, dans mon esprit, un bien considérable compliment ! Oui, Vincent, vous me consolez de ma vie. Et puis, aussi, c'est un peu autre chose, qui a à voir avec le désir, la brûlure immémoriale du désir.

À nouveau, le silence. Épais, plein.

Vous reprenez la parole : j'aime votre intelligence et ce regard neuf, sans jugement, sans morale peut-être, que vous promenez sur notre monde, cette relative indifférence, votre jeunesse. La mienne, de jeunesse, est si loin. Je me souviens d'avoir eu seize ans. Combien il m'était difficile alors d'être aimé ! J'ai ce regret éternel de ne pas avoir eu la beauté, et puis, aussi, un peu, de m'être tourné vers des personnes qui ne pouvaient que me repousser.

« Repoussé », et non « pas aimé en retour ». Je retiens la force de l'expression. Et alors, il me semble l'apercevoir, le petit Marcel, le Marcel de seize ans, pas assez beau, aux paupières trop lourdes, à l'allure trop persane, ce Marcel qui quémande un peu d'amour, trop d'amour, à ceux qui ne peuvent pas lui donner cette sorte d'amour, et qui finissent par le repousser, oui, c'est ça, lui dire : non, nous ne voulons pas de cet amour et le petit Marcel entend : nous ne voulons pas de toi. Il a mon âge, il a seize ans, il est affreusement seul, il l'est encore. Trente ans ont passé.

11.

Au pied du grand escalier de marbre, mon père contemple son image dans le tableau que le peintre D. a fait de lui. Je suis saisi par l'effet miroir de cette démesure, et par la vanité de cet homme qui a eu besoin qu'on fasse son portrait dans le seul but de flatter son ego. Bien sûr, mon père a affirmé qu'il s'agissait d'un legs qu'il avait l'obligation morale de faire aux prochaines générations, que tous les membres de notre famille ont leur portrait quelque part depuis des siècles. Je le crois capable de croire à ses propres balivernes et je sais l'importance qu'il accorde à la lignée, comme si nous étions des pur-sang chargés de reproduire l'espèce. Mes sœurs s'y emploient d'ailleurs avec une ardeur qui force l'admiration : sept héritiers à elles deux en l'espace de moins de cinq ans ! J'ai bien peur, cher papa, d'être dans l'impossibilité de prolonger cette prouesse. La survie de notre espèce m'importe bien peu et, oserais-je le confesser ? il m'arrive même parfois de rêver de l'écroulement des empires.

Il ne s'interrompt dans sa contemplation que pour m'adresser ses sempiternels reproches. Bien entendu, il est « extrêmement fier » de l'affection que paraît me porter notre « éminent homme de lettres, un qui sera de l'Académie, je te l'assure » mais « tout de même », n'est-il pas un peu tapageur, « alors que les hostilités font rage » (leur arrive-t-il de faire autre chose ?), de se montrer tous les jours au Ritz ? Notre « patriotisme reconnu par tous » (mais qu'avons-nous fait pour le démontrer ?) pourrait être chahuté par des esprits chafouins qui verraient dans mon spectaculaire affichage dans le plus grand palace parisien avec un homme friand de mondanités une forme de mépris pour « le valeureux combat de nos soldats ». Ce verbiage, auquel je devrais pourtant finir par être habitué, ne manque jamais de me déconcerter. Je m'apprête à ne rien répondre et à filer dans ma chambre pour attendre Arthur, lorsque, précisément, le registre du reproche s'attaque à mon « valeureux soldat ». Là, je le sais par avance et par cœur, l'esprit de classe va faire un retour fracassant. « Mon petit, je te l'ai déjà dit, je désapprouve ce genre de fréquentations et, cependant, on me signale encore (mais qui est ce "on" qui semble n'avoir pas d'autre occupation que celle de signaler à des parents inquisiteurs les turpitudes de leur progéniture ?) t'avoir aperçu en compagnie de ce jeune homme, le fils de Blanche » (je frémis un peu car je ne profite de la compagnie d'Arthur qu'au fond de mes draps). « On m'a rapporté que vous vous parliez depuis ta fenêtre » (on ne remerciera jamais assez les espions pour leur incompétence). Je ne cherche pas à nier. À quoi bon ? Les reproches se poursuivent : « Et toi, bien sûr, tu ne réponds rien. Mon petit, qu'allons-nous faire de toi ? » Et mon père, sur cette réplique qui est ce qu'il peut faire de mieux en matière de sévérité, tourne les talons pour me marquer sa réprobation. Consterné par cet exercice pathétique et inutile d'autorité parentale, je grimpe quatre à quatre l'escalier de marbre. Arrivé au sommet, je me retourne un instant. À mon tour, je contemple le portrait peint de mon père et je songe que jamais il n'existera de semblable représentation de moi. Ne faudrait-il pas s'efforcer de ne rien laisser ?

Lorsque tu me rejoins, je te raconte cette anecdote, en prenant bien soin d'escamoter la partie qui concerne Marcel, croyant m'attirer ton sourire et ton soutien, mais c'est avec lassitude et un peu de désespoir que tu me dis : au moins, tu disposes d'un père avec qui ne pas parler.

Alors, sans que j'aie rien demandé, tu évoques le père inconnu et donc forcément absent, la blessure de cette absence. Un manque béant que rien, jamais, ne saura venir combler. La certitude d'une incomplétude, quelque chose comme une infirmité, un handicap monstrueux, presque inavouable à cause du malheur qu'il charrie avec lui. Tu évoques l'imagination qu'il faut déployer pour tenter de constituer une image du père, et le désespoir ravageur au bout de ces tentatives forcément vaines, de ces essais nécessairement voués à l'échec.

Tu évoques le registre de naissance où seul figure le nom de la mère, de l'infamie que cela fut pour cette mère de devoir être qualifiée de « fille mère ». Tu évoques la réputation qu'il faut porter comme on porte un fardeau ou une culpabilité, les railleries, les injures qu'on murmure derrière le dos, les réprobations de ceux qui se prétendent pétris de bonté parce qu'ils sont confits dans la religion.

Tu évoques cette filiation unijambiste.

Tu dis : quelquefois, j'aurais préféré un père mort, plutôt que pas de père du tout. Tu ajoutes : non. Pas quelquefois. Souvent.

Tu évoques les années de l'enfance, quand les autres à l'école se moquaient de toi, quand il fallait inventer l'histoire d'un père aventurier, voyageur, disparu ou mort au cours de je ne sais quel hasardeux combat, quand les mensonges étaient découverts et aussitôt pointés, moqués. Tu dis : la méchanceté de l'enfance est celle qui atteint le plus, qui vise au plus juste, dont le souvenir dure le plus longtemps. Je me souviens des rires, des sarcasmes.

Tu racontes la mère qui ne dit rien au fils qui la supplie, la mère qui se mure dans le silence, qui préfère la haine de son enfant à la douleur de la confession. Tu dis : je me souviens des cris, des larmes.

Tu dis : devenir maître d'école, c'est pour moi créer un lien social, me relier au monde, c'est cesser enfin d'être l'orphelin. À l'école normale d'instituteurs, au moins, la République ne m'a pas demandé de comptes.

Tu poursuis : je ne confonds pas, je sais que mes élèves ne seront pas mes enfants mais je sais tout aussi bien qu'ils seront une famille. Je crois qu'on peut décider de créer sa propre famille en dehors des liens du sang, que cette famille, c'est celle des années qui passent, des visages qui défilent, des sourires qui laissent leur empreinte dans nos mémoires. Du reste, j'ai su très vite que je n'aurais pas d'enfant par moi-même, que c'est quelque chose qui ne me serait pas offert parce que ce ne serait simplement pas possible. Je n'ai pas été effrayé ou attristé par cette nouvelle reçue dans l'adolescence, par la révélation que je préférais le corps des hommes à celui des femmes, que jamais je n'honorerais le corps d'une femme et qu'en conséquence, je n'aurais pas de filiation. J'ai admis que ma sexualité me consolerait de ma stérilité.

Je pense : le sperme plutôt que le sang.

Tu dis : je suis l'homme sans ascendance, ni fraternité, ni descendance. Je suis cette chose posée au milieu du monde mais non reliée au monde. Je suis celui qui ne sait pas d'où il vient, qui n'a personne avec qui partager son histoire et qui ne laissera pas de traces. Ainsi, quand je serai mort, c'est davantage que le nom que je porte qui disparaîtra, c'est mon existence même qui sera niée, jetée aux oubliettes. Personne pour se souvenir de moi. Tu dis : toi, Vincent, voudrais-tu être celui qui se souviendra de moi ?

Je dis : tu es vivant, aujourd'hui. Je ne sais pas parler de toi au passé, je ne sais pas penser à toi au passé, je ne sais pas répondre à ta question.

Tu insistes : quelle que soit l'heure de ma mort, qu'elle soit fixée à demain ou dans des dizaines d'années, tu pourrais être, n'est-ce pas ? celui qui garde ma mémoire. Je pense : quoi qu'il doive advenir, il demeurera toujours ces instants d'immense intimité, la force de ton étreinte, ton souffle sur ma nuque, tes silences et tes mots. Il restera les regards. Je dis : si, un jour, nous sommes amenés à ne plus nous voir, je me souviendrai de ton regard avec une absolue exactitude.

Tu dis : enfin, tu parles un peu, tu romps ton habituel silence. Et comme toujours, lorsque tu te décides à parler, ce que tu dis est beau. M'expliqueras-tu pourquoi tu ne parles pas plus souvent ? Moi, j'aurais besoin que tu me dises des choses, des choses qui me rassurent, qui m'émeuvent, que je pourrais emporter avec moi, qui me tiendraient chaud dans les hivers qui m'attendent en plein milieu de cet été. Mais tu ne parles pas, ou si peu. Pourquoi n'y a-t-il jamais, même par inadvertance, même par hasard, même s'il s'agit d'un mensonge ou d'un arrangement avec la vérité, pourquoi n'y a-t-il pas un aveu, une confession que tu laisserais échapper ? Je te regarde et, bien sûr, comme chaque fois que tu espères une parole, je ne prononce pas un mot, je demeure dans le silence intégral, pesant. Tu plonges ton regard en moi, comme pour m'extirper cet aveu que tu espères, mais tu butes sur mon regard qui se refuse au danger. Au bout de quelques secondes, et sans doute c'est un temps très court mais il paraît long, tu clos tes paupières, tu baisses la tête vers les draps, dans un geste de résignation. C'est une scène que nous avons déjà vécue, qui devient presque familière.

Je ne m'en veux pas de mon silence. Je n'éprouve pas de culpabilité. Je sais la souffrance que ce silence te cause, et que, certainement, je devrais t'épargner dans ces instants où tu pourrais presque légitimement réclamer un droit à la considération, mais je sais aussi, d'un savoir irréfléchi mais sûr de lui-même, qu'il vaut mieux ne pas parler. Et puis, quoi dire ? Je contemple ton profil détourné. Alors, comme toujours, je finis par poser ma main sur ta nuque. Je fais ce geste, de poser ma main sur ta nuque, qui est le geste que seuls des amants peuvent faire, qui est le signal de la plus violente intimité. Nous restons ainsi, toi tête baissée, moi main sur ta nuque. Je sens la douceur de tes cheveux coupés si court, la chaleur de ma paume sur ta peau. C'est comme une certitude que je retrouve, dans ce toucher particulier des peaux. Un peu plus tard, nous roulons dans le désordre des draps. Le silence n'est dérangé que par les gémissements et les souffles, par les halètements de l'effort et les cris de la délivrance.

Lorsque les corps en sueur se reposent enfin, comme des cadavres brûlants, je formule à nouveau pour moi-même cette promesse : tant que je le pourrai, je ne parlerai pas.

Je fais ce serment du mutisme, pour que tout demeure d'une pureté absolue, d'une blancheur intacte. Les mots ne sont destinés qu'à ce cahier d'écolier que je griffonne en cachette, à la manière d'une jeune fille amoureuse. Les mots ne sont destinés qu'à conserver une trace de ce qui survient, un témoignage de ce qui est. À ma façon, je réponds à la prière qu'Arthur a formulée : je sauve nos vies de l'oubli.

Raconte-t-on jamais autre chose que sa propre histoire ?

12.

C'est votre chambre, votre territoire encore. C'est là que je vous retrouve, là où vous passez vos nuits et vos jours, le plus souvent, dans la fièvre. Vous dites : entrez, Vincent, n'ayez pas peur. Savez-vous que c'est ici, entre ces murs tapissés de liège, dans cet espace exigu et sombre, aux fenêtres presque toujours closes que l'essentiel se joue ? Savez-vous que c'est ici que je compose une œuvre ?

Vous ne m'avez jamais questionné à propos de mes livres, vous n'avez peut-être jamais ressenti le besoin de le faire, ce serait bien votre genre. Je vous regarde, avec votre belle indifférence, votre distance au monde et aux hommes et je songe que, décidément, vous êtes d'un autre bois que ceux qu'il m'est donné de fréquenter ou même seulement de rencontrer parfois. Ceux-là, en général, ne voient en moi que le grand écrivain et, immédiatement, ils ne peuvent s'empêcher de m'interroger sur les mystères de l'écriture, sur les affres de la création, avant que la conversation, inévitablement, ne roule sur les effets de la gloire. D'abord, ils cherchent à comprendre, avec plus ou moins de sincérité. Ils avouent leur fascination pour l'occupation étrange de celui qui écrit. C'est ça : ils vous jettent leur fascination au visage et à vous de vous en débrouiller. Ils croient vous faire un cadeau, vous rendre un hommage alors qu'ils manifestent simplement une ignorance dont nul ne parviendra d'ailleurs jamais à les débarrasser. Et puis, ils en viennent à la célébrité, qui est, en fait, la seule chose qui les intéresse vraiment, celle qui les a fait se diriger vers vous, sans qu'ils le reconnaissent jamais. Ils espèrent qu'en se frottant à l'or un peu de dorure restera sur leur peau qui ne retient rien. C'est une étrange comédie où la vanité se mêle à quelque chose comme un désir d'enfant. Je ne sais pas réellement s'il convient d'en être touché ou consterné. Et vous, Vincent, bien entendu, vous n'êtes pas comme ça. Vous n'évoquez ni mes livres ni ma notoriété. Vous semblez presque les ignorer. Et ce n'est même pas une affectation, une posture que vous choisiriez de tenir. Vous êtes ainsi, n'est-ce pas ? indifférent. Et, du coup, c'est avec vous, davantage qu'avec aucun autre, que j'ai envie de parler de l'écriture. C'est aux questions que vous ne posez pas que j'entends répondre. C'est en hommage à votre pureté absolue, à votre honnêteté quasi virginale que je souhaite témoigner. Et, au moins, si vous ne dites rien, je sais que vous m'écouterez. Bien mieux, je sais que vous me comprendrez.

Écrire exige un engagement exclusif. On ne peut rien faire d'autre que cela : écrire. On ne doit être distrait par rien. On doit se consacrer entièrement au livre, lui sacrifier tout le reste. C'est un sacerdoce, une entrée en religion. Savez-vous que, même lorsque je n'écris pas, j'écris tout de même ? Le temps de la contemplation, celui de l'observation, celui de la mondanité, celui de l'oisiveté sont des temps qui servent l'écriture. Dans ce désœuvrement apparent qui m'est si souvent reproché, je travaille en réalité au livre. La vie dans son entièreté est dédiée à l'écriture. Je ne vis que pour l'écriture. C'est impossible de faire autrement. Et cette nécessité devient encore plus aiguë quand on sent, comme moi, le terme de sa vie se rapprocher à grands pas. Il me faut finir ces livres auxquels je me consacre. Comprenez qu'il n'y a rien de plus important que de finir ces livres. J'espère qu'il me sera laissé suffisamment de temps. J'écris dans l'urgence, dans la fébrilité, dans la terreur. Vous allez penser que je suis en proie à une manière de frénésie presque maladive, et vous aurez raison.

Écrire est le sens que je donne à mon existence. Mon existence disparaît derrière l'écriture. Ou encore je pourrais vous dire : si je n'écrivais pas, je crois bien que je serais mort.

Il y a vos mots qui résonnent dans l'air vicié de cette chambre d'asthmatique, dans cette atmosphère confinée, étouffante, écrasée d'étroitesse : si je n'écrivais pas, je crois bien que je serais mort. Et, alors, je vous crois. Dans cet espace improbable, dans cette furie de l'écriture, vous cherchez à survivre, à sauver votre peau. Je trouve cela tout à la fois misérable et flamboyant, pathétique et magnifique. Je ressens pour vous une tendre pitié et une intense admiration.

Vous reprenez : écrire est un travail. Le talent, sans doute, a un peu à voir dans toute cette affaire mais, avant tout, il faut travailler, travailler d'arrache-pied, se donner une discipline de l'effort, des règles. Ainsi moi, vous l'avez compris, quand la nuit vient, je me mets à mon bureau et je fais mes pages d'écriture. J'écris jusqu'à l'épuisement, jusqu'à la victoire sur l'insomnie, ou jusqu'à la défaillance de la main. Vous ne pouvez pas imaginer comme c'est douloureux quand la main se contracte et ne peut plus écrire, quand le bras est si dur, si tendu qu'il faut poser la plume. On veut continuer, écrire encore, et on ne peut pas. On est dans l'impossibilité physique de le faire, de produire un geste. C'est une frustration énorme. Dans ces moments-là, je mesure précisément le prix du temps gâché. Quand c'est absolument intenable, je réveille Céleste et je lui commande d'écrire sous ma dictée. Vous devriez voir ces heures de l'emportement, c'est indescriptible. C'est une scène comme on n'en écrit que pour le théâtre.

Bien sûr, je sais qu'il ne faut pas forcer l'écriture, ne pas se forcer à écrire quand on ne se trouve pas dans des dispositions à le faire. Il faut attendre que cela vienne, que cela soit là. De même, il faudrait ne pas prolonger le moment de l'écriture. Quand on sent que c'est fini, alors c'est fini. Il ne faudrait pas s'entêter. Et, pourtant, je m'entête. Je violente l'écriture. Je la fais venir. Je la pousse à se manifester. Et je repousse sans cesse l'instant où je devrais reposer la plume. Je vous l'ai dit : seul l'épuisement peut stopper mon élan.

Parfois, quand on a fini d'écrire une page, on croit qu'on n'en écrira plus jamais d'autres, que le livre va s'effondrer, qu'il ne parviendra pas à exister, qu'on sera démasqué, que cette gigantesque mascarade va être révélée pour ce qu'elle est. Alors, on est dans le malheur absolu, une détresse abominable. Et puis, ça revient. Sans qu'on sache nécessairement pourquoi, ça finit par revenir. On peut repartir dans l'écriture, dans le bonheur presque indicible de l'écriture.

Vous n'avez pas idée des obstacles qu'il faut surmonter, des défis qu'il faut relever, des résistances qu'il faut vaincre, et d'abord en soi-même, de la folie que tout cela représente. C'est un tour de force, vraiment. C'est un acte tout de courage et d'abnégation. C'est une occupation parfois incroyablement ingrate, qu'on ne souhaiterait pas à son pire ennemi. Il y a de la souffrance dans l'écriture. On charrie de la souffrance. Ceux qui me considèrent comme un oisif, un bon à rien, un dilettante, devraient connaître l'énergie que je dépense sans compter, les forces que je jette dans la bataille, la volonté que je déploie. Ils n'en croiraient pas leurs yeux.

Je bâtis une église. C'est cela que je fais. J'élève un monument. Ma jeunesse en constitue les fondations. Une vie de choses vues et ressenties, d'événements collectifs et d'aventures individuelles permet d'en dresser les murs. Et, dans cette église, on raconte l'histoire d'hommes et de femmes, on communie dans une même ferveur, on s'approche d'une forme d'universalité.

Je pourrais vous dire également : je construis une maison. Cette œuvre est une maison, dont les pièces communiquent entre elles suivant un savant cheminement. Voyez ces chambres où l'on naît, où l'on grandit à l'abri du regard de ses parents, où l'on invente de nouveaux codes amoureux, où l'on meurt quelquefois après de lentes ou douloureuses agonies. Voyez ces alcôves où des secrets s'échangent, où des intrigues se nouent, où des silences se brisent. Voyez ces salons où le monde se déploie, où les hommes séduisent, où les femmes mentent, où de vieux écrivains rencontrent de jeunes gens peu farouches. Je compose une fresque où certains, sans doute, croiront se reconnaître.

La composition d'un livre emprunte les mêmes routes que l'invention d'une amitié. D'abord, on est à l'affût. On cherche celui ou celle qui pourrait nous accompagner. Le regard se promène sur une assemblée et, soudain, il s'immobilise sur sa proie, il identifie une gestuelle, un port de la tête dont il pressent qu'ils pourraient lui devenir familiers. Alors, on s'approche, on est déjà dans la séduction, dans le désir d'emporter l'adhésion de l'autre à cette démarche. Assez vite, on sait si cela va marcher, si une histoire est possible. Et, dans ce cas, il y a la fébrilité, l'inquiétude d'une défaite, l'espoir d'une conquête, le ravissement des sourires partagés. Le chemin est sinueux, accidenté, mais il mène à la mer. Dans la tentative de rapprochement que je fais avec vous, Vincent, j'éprouve les mêmes difficultés et les mêmes bonheurs que dans l'écriture du livre.

Le livre, aussi, est un enfant. D'abord, il faut être amoureux, ou l'avoir été, il faut ressentir une brûlure amoureuse ou la morsure d'un manque, le vide d'une absence pour commencer à écrire. L'amour et l'écriture sont intimement liés. L'un produit l'autre. Alors, il peut survenir une fécondation, le voyage inexplicable d'une semence vitale, la mécanique d'un fluide. Puis vient le temps où il faut porter le livre, le laisser grandir en soi, le laisser prendre forme, ressembler à quelque chose qui, un jour, pourra tenir tout seul. Il faut du temps, de la patience. Il m'a fallu quarante années. Et puis, un jour, on sent que l'heure est venue d'expulser cet enfant. On est enfin prêt pour écrire la première phrase, pour la coucher sur le papier, cette première phrase qu'on a tournée et retournée dans sa tête des centaines de fois. Il y a, dans cette expulsion, une douleur, je veux dire une douleur physique, et une délivrance. Il y a des cris et des pleurs où se mélangent la joie et la fatigue. De là, l'enfant va grandir. On va l'aider à grandir, lui indiquer la route. Il trébuchera, bien sûr, à de nombreuses reprises mais il avancera. Et, un jour, le livre devient assez grand pour exister en dehors de son auteur. Un jour, le livre est là, posé devant soi, matériel, concret, et vous le voyez entre des mains qui ne sont pas les vôtres. Alors, Vincent, vous comprenez qu'il ne vous appartient plus entièrement, et peut-être même plus du tout, qu'il est à d'autres, à tous les autres, à ceux-là qui s'autorisent à vous dire ce qu'ils en pensent, comme s'il était bienvenu de porter un jugement devant des parents à propos de l'éducation de leur enfant. Alors, c'est fini. Il faut admettre la séparation. Et encore, il faut accepter que le livre nous survive, qu'il soit encore vivant quand nous serons mort, qu'il parle à des gens qui ne nous auront pas connu, de ce que nous fûmes. Cette paternité est un chemin de croix, au terme duquel une lumière peut briller.

C'est long à écrire. Pardon de vous le dire ainsi, un peu prosaïquement mais c'est en disant cela que je suis au plus près de la vérité : *c'est long à écrire.* Ce sont des milliers de pages qui jalonnent l'histoire de ma vie. C'est un manuscrit énorme. C'est une œuvre, au long cours. Il m'arrive parfois de ne pas m'y retrouver, de ne plus savoir où j'en suis de tous ces destins qui se croisent, ces aventures qui s'entremêlent, ce monde qui compose son histoire. Céleste peste après moi, tentant de remettre de l'ordre dans ce capharnaüm. Mais n'allez pas croire que je produis de la copie. Comprenez qu'il m'est impossible de faire plus court, que je ne serais pas capable de retirer la moindre phrase au risque de déséquilibrer l'ensemble. L'œuvre se divise, se noue, elle fait le pari de rassembler toute la matière d'une existence faite d'événements particuliers et collectifs. C'est un entrelacs de sentiments et d'émotions.

Certains diront que j'ai écrit une œuvre illisible, inabordable, incompréhensible, inintéressante ou je ne sais quoi encore. Je ne cherche pas à nier qu'il s'agit d'une œuvre incommode et j'éprouve la plus grande admiration pour l'obstination que met mon cher Gaston Gallimard à me faire abandonner la maison Grasset à son profit, dans le but de me publier sitôt la guerre finie, si cette guerre finit un jour. Ainsi donc, en ce moment, je m'occupe à finaliser ce changement d'éditeur, dans des conditions d'élégance et de sérénité. Tout de même, il me paraît préférable d'être édité par quelqu'un qui a le désir de mes livres, plutôt que par quelqu'un qui, de son lointain exil, semble se préoccuper bien peu de moi ; vous ne trouvez pas ?

Je ne réponds pas à cette question qui ne peut appeler qu'une seule réponse. Je vous regarde et, soudain, je comprends, pour la première fois, qu'en effet vous êtes tout à la fois un personnage, une personnalité et une personne. Je continue à vouloir faire la distinction entre le grand écrivain, le flamboyant mondain et l'ami cher à mon cœur, mais je sens bien que cette distinction est sans doute artificielle, que vous êtes tous ces êtres au même instant, sans qu'il y ait nécessairement un sens à les dissocier.

Alors, finit par surgir une question, la seule que j'entends vous poser, la seule pour laquelle je n'ai pas décelé de réponse dans tout ce que vous venez de dire : pour qui écrivez-vous ? Vous dites : on n'écrit que pour quelques personnes. J'écris pour mes disparus.

Plus tard, vous finissez par dire : je vous ai menti, Vincent. J'écris aussi pour quelques vivants. J'écris pour vous, bien sûr.

Quand nous nous séparons, je savoure la tendresse de notre accolade.

13.

C'est la dernière nuit, celle que nous n'avons pas osé imaginer, celle qui porte en elle la douleur originelle de la séparation inéluctable, celle que nous n'avons jamais évoquée, celle qui ne peut pas se vivre normalement, celle qu'il serait préférable d'occulter si cela nous était permis tant elle est dangereuse, celle qui est presque indicible. Demain, tu rejoins ton bataillon à Verdun. Demain, c'est la désolation de Verdun.

Et, avant cette dernière nuit, il y a eu le dernier jour, celui passé auprès de la mère. Un jour écrasé de tristesse, de chagrin, d'hébétude, marqué par les pleurs, les silences, dont les heures se sont égrenées dans une lenteur désespérée comme le compte à rebours qui précède l'exécution des condamnés. Un jour où la mort a été dans tous les esprits sans qu'il soit jamais possible ni même souhaitable de la nommer. Un jour de deuil avant la mort. Un jour d'une épaisse grisaille.

Tu dis : c'est une épreuve que je n'avais jamais imaginé devoir traverser, qui ne se conçoit pas, que seules la guerre ou la maladie peuvent provoquer sans doute. C'est une douleur dont on n'est pas capable de mesurer la profondeur, l'intensité, tant qu'on ne l'a pas reçue. C'est marcher sur les braises, embrasser une lame de rasoir, c'est un parcours initiatique tapissé de sang et de souffrance. C'est une séparation qu'on ne peut admettre, qui est davantage qu'une injustice, davantage qu'un suicide. C'est la rupture de l'ultime lien à sa propre histoire.

Il faut avoir vu le visage de la mère comme celui d'une madone sur les peintures religieuses, le teint cireux, comme si les années s'étaient emparées de ce visage pour l'affaisser, le dévaster. Il faut avoir vu le regard perdu, tourné en direction du ciel comme s'il en attendait un signal, la bouche déformée d'où ne sort aucun son parce qu'il devient impossible de seulement crier, de seulement parler. Il faut avoir vu les mains affolées, le corps qu'on ne maîtrise plus, secoué de spasmes, en proie à une violence inouïe. Il faut avoir vu ces va-et-vient entre hystérie et abattement, entre combat et résignation, le petit cheval qui toujours repart et toujours finit par s'écrouler, cette lutte contre quelque chose qu'elle ne peut pas nommer et qui occupe toutes ses pensées. Et moi, je suis là et je ne peux rien. Je suis le spectateur de cette désarticulation. Je sais qu'il n'y a rien à faire. Rien.

La séparation d'avec la mère est avant tout un acte physique. Il faut que les bras de l'un cessent d'enlacer le corps de l'autre, que les mains de l'un se détachent des mains de l'autre, que les peaux ne se touchent plus, que les regards se désencastrent l'un de l'autre. Il faut s'éloigner et, dans cet éloignement, il y a le début d'une désagrégation, comme si l'un ne pouvait vivre que grâce à l'autre, comme si l'un ne pouvait pas vivre sans l'autre.

C'est une perte de substance. La vie qui s'en va, quelque chose qui s'écoule, une force qu'on ne peut pas retenir.

Alors, les larmes affleurent sur le rebord de tes cils. Je les vois perler au milieu de ces blés blonds. J'attends qu'elles roulent le long de tes joues, qu'elles envahissent le champ de ton visage. Mais tu les retiens. Le silence se fait, les yeux se détournent sans plus fixer aucun point précis. C'est un instant qui dure infiniment. L'instant de tes larmes suspendues au rebord de tes cils.

Lorsque tu reviens à toi, c'est pour en venir à nous.

Tu dis : qu'elle doive être atroce ou sublime, cette nuit ne sera pas oubliable. Combien de moments dans une existence entière, dans une vie d'homme, peuvent-ils être qualifiés d'inoubliables ? Combien peuvent-ils l'être par avance ? Ce que nous avons à connaître est historique. Ce que nous avons à traverser, c'est notre histoire.

Devrions-nous faire l'amour comme si c'était la dernière fois, puisque cela peut être la dernière fois, c'est-à-dire avec une énergie décuplée par le désespoir et la volonté ardente, jusqu'au-boutiste d'être dans ce bonheur-là de la communion des corps ? Je dis : nous devrions toujours faire l'amour comme si c'était la première fois, c'est-à-dire avec la fébrilité et la ferveur de ceux qui n'ont jamais connu ce moment, et la chance insolente des débutants.

Mais comment retrouver l'innocence du commencement, la belle frénésie des toutes premières heures et la virginité perdue ? Comment ignorer les gestes qu'on connaît désormais, le corps de l'autre qu'on a appris peu à peu ? Je dis : il faut se trouver dans la disposition à être surpris, désemparé, émerveillé, et puis être capable d'étonner l'autre, encore. C'est quelque chose qui est possible, qui est nécessaire. L'habitude porterait en elle une blessure mortelle.

Tu dis : mais comment te débrouilles-tu pour occulter que ce serrement des corps pourrait ne jamais se reproduire ? Je dis : il suffit d'être dans le seul instant présent et c'est, somme toute, le plus facile. On ne fait pas l'amour en songeant à la fois d'après. C'est un acte qui n'existe que par lui-même, qui ne procède de rien, qui ne produit rien. C'est un événement, une circonstance.

Tu dis : quand je t'écoute, tout paraît simple et pourtant, je sais bien que ça n'est pas le cas, que ça ne peut pas être le cas. Je dis : c'est nous qui décidons, nous seuls. Tu as la possibilité de décider que c'est simple.

Tu dis : comment fais-tu pour afficher une telle certitude, une telle détermination ? Et d'où te vient ce savoir, à toi qui n'avais jamais étreint personne avant moi ? Je dis : la sensualité est une intelligence. Sans avoir rien demandé, je crois que je dispose de cette intelligence. Je n'ai rien appris et cependant je sais tout. Je mesure mon apparente immodestie. Précisément, elle n'est rien d'autre qu'apparente.

Tu dis : je veux te dire qu'avec toi j'ai un peu oublié la guerre. Il y a eu ça, cet événement que je croyais ne jamais pouvoir survenir, l'oubli momentané de la guerre, la mise entre parenthèses de cette obsession monstrueuse.

Les images sont d'abord devenues floues, moins présentes à mon esprit, et puis, elles se sont estompées jusqu'à s'enfouir dans les recoins de ma mémoire, là où, soudain, il me fallait faire un effort pour aller les rechercher. Les cauchemars ont été moins violents. Ce qui m'est arrivé, c'est de retrouver un semblant de sérénité, parfois, le calme. Ce calme est une sensation dont j'avais égaré la saveur.

Je veux te remercier pour la chaleur, la douceur. La douceur inespérée. Vit-on pour autre chose que se blottir contre cette chaleur, une épaule où reposer sa tête, un torse qui vous accueille, un ventre où déposer un baiser ? Vit-on pour autre chose que ces moments où les cuirasses tombent, où le sang cogne aux tempes, où les cheveux collent à la nuque, où la peau tressaille, où la fragilité est la plus grande ?

C'est une nuit occupée aussi de nos silences. Les silences sont un rythme, une respiration. Ils ajoutent une signification supplémentaire à ce qui est dit. Ils aident à supporter l'énorme violence parfois de ce qui est dit. Ils permettent de continuer à prononcer des paroles. Ils sont le moment de l'échange des regards. Ils contiennent nos douleurs et nos rémissions, notre peine et notre rédemption. Ce sont des silences religieux, je veux dire : des silences comme ceux des églises. Nous avons la ferveur des communiants, leur gravité.

Bien sûr, il ne faudrait pas que ces instants eussent une telle solennité. Il faudrait que tout fût simple. Mais la simplicité ne serait envisageable que dans la désincarnation. Et, précisément, cette désincarnation est tout à fait impossible. Cette dernière nuit est précisément incarnée, au sens où elle est le symbole, l'essence de la chair.

Parfois, les mains s'affolent, les bouches s'inquiètent de se trouver avec difficulté, les corps prennent peur d'un mouvement malhabile. Parfois, au lieu de flotter, nous sombrons. Les étreintes alors paraissent celles de naufragés. Et puis, tout revient, tout rentre dans l'ordre, les peaux se joignent, nous sommes rassurés. Mais je pense : il faudra se rappeler aussi nos maladresses, nos gestes manqués, nos brusqueries, nos contretemps, parce qu'ils sont aussi des élans amoureux.

Alors que le matin point, tu dis : que feras-tu lorsque je ne serai plus là ? Je ne sais pas, je n'ai pas réfléchi à cela, il sera toujours temps de tenter de trouver une réponse à cette question. Je suis dans l'instant, je ne veux pas avoir le regret de n'avoir pas su profiter de l'instant. J'ignore absolument notre séparation, je fais comme si elle ne devait pas se produire, et ça jusqu'à la dernière seconde. Je suis du côté de la vie, sans restrictions, jusqu'au bout, je ne me prépare pas aux disparitions, je ne fais pas de deuil avant l'heure.

Tu dis : moi, je n'ai pas ton détachement, je ne parviens pas à occulter cette séparation qui arrive. C'est comme un poids qui m'écrase.

Tu dis : j'ai besoin de savoir que tu penseras à moi, j'ai le besoin enfantin, ridicule, peut-être irrecevable que tu m'en fasses le serment. C'est seulement de savoir que tu penseras à moi qui me donnera la volonté de continuer à être vivant. Je dis : je peux répondre avec des mots à ta requête, te dire : oui, bien sûr, je penserai à toi, mais j'ai déjà répondu avec des gestes, avec des actes.

Ce serait impossible de ne pas penser à toi, c'est quelque chose qui ne se conçoit pas. Tu es entré dans ma vie, tu y occupes la première place, tu as opéré ce changement spectaculaire, cette merveilleuse dévastation, rien ne sera plus pareil, rien n'est déjà plus pareil.

Tu dis : tu seras chacune de mes pensées. Tu es celui qui m'accompagnera, au risque de l'obsession. Je préfère de loin cette obsession à la monstruosité quotidienne qui m'attend, la boucherie faramineuse. J'ai la nécessité du souvenir de toi pour accepter le présent qui me sera donné. Tu dis : je me souviendrai de tes seize ans, des cheveux noirs, des yeux clairs. Je t'entends prononcer cette phrase qui est la mienne, que je ne prononce que par-devers moi, ou dans la solitude de l'écriture de ces cahiers. Je t'entends dire cela : mes seize ans, les cheveux noirs, les yeux clairs et alors, je mesure l'étendue exacte de notre intimité, le territoire gigantesque de notre communauté de pensée. Je comprends que c'est cela, être des amants : employer les mêmes mots pour parler des mêmes choses sans qu'on ait jamais entendu l'autre employer ces mots-là ; que c'est avoir parfois ces ressemblances, ces rapprochements saisissants.

Oui, c'est de cela qu'il te faut te souvenir en premier, mes seize ans, les cheveux noirs, les yeux clairs, car c'est cela que je suis, c'est cela qui est au plus près de ce que je suis. Celui qui parle de moi ainsi est celui qui parle le mieux de moi.

Au moment de nous quitter, nous choisissons de ne pas dire un mot, d'être dans le silence. Il y a une étreinte, un regard. Il n'y a pas de baiser, pas d'au revoir. Il y a juste ton corps en partance et le mien qui reste. Il y a les battements de ton cœur qui s'accélèrent et les miens qui ralentissent. Il y a l'effroi. Il y a le temps derrière nous, et le temps devant nous. Il y a la tendresse qui se brise.

Quand la porte se referme, je comprends que c'est autre chose qui commence, que je ne connais pas, où l'amour occupe tout l'espace alors que l'objet de l'amour n'est plus là. Je cherche ma respiration. Je ne pleure pas. Je ne pleure pas.

Cette histoire est celle d'Arthur Valès et Vincent de L'Étoile. C'est l'histoire que je raconte. Si quelqu'un, un jour, tombe sur mes cahiers, qu'il n'ait pas de doute puisque tout cela est la vérité, qu'il n'ait pas de honte puisque nous n'en avons pas, qu'il livre nos noms à la postérité plutôt que d'avoir le réflexe de les dissimuler aux regards, qu'il ait conscience qu'il s'agit bien d'une histoire d'amour et pas d'une exaltation passagère et non maîtrisée puisque nous savons ce que nous faisons. Cette histoire est celle d'Arthur Valès et Vincent de L'Étoile. C'est l'histoire que je raconte.

Livre Deux

Séparation de corps

Arthur,

Cela fait quelques heures à peine que tu es parti, que tu as quitté ces lieux, et il me semble que ton absence pèse le poids de celle d'un mort.

Tout à coup, c'est comme si je me rendais vraiment compte de ce qui arrive, c'est comme si je comprenais enfin que tu n'es plus là, que tu ne vas plus être là. Mes yeux contemplent un paysage dévasté, immense.

C'est presque incroyable. Incroyable de n'avoir pas mesuré avant ce que cela serait après. Incroyable d'être surpris à ce point. Surpris, sonné, anéanti. La tristesse, pire que jamais.

Je marche au milieu de la chambre vide que ton absence agrandit jusqu'à ce qu'elle atteigne des proportions démesurées. C'est comme une perte de repères. C'est comme avancer dans le noir, sauter dans l'inconnu.

C'est un deuil qu'il va me falloir faire, car c'est une disparition que je dois affronter. Je sais que tu es vivant. Je prie pour que tu le restes. Mais je comprends que tu es inaccessible, que tu es là où je ne peux pas te rejoindre, et que j'ignore absolument la date de ton éventuel retour.

Comment on résiste à cette folie, je l'ignore. Comment on surmonte ce genre d'épreuve, je l'ignore. Je suis dans cette ignorance intégrale, indépassable. Ta perte, c'est ma perte.

Comment on continue, je l'ignore. Et pourtant, il faut vivre.

(Lettre non achevée, non envoyée.)

Mon ami,

J'ai dû partir un peu précipitamment pour Illiers où j'ai été appelé pour régler une affaire de famille dont je vous épargnerai les détails car je sens bien que les choses matérielles ne sont point de votre goût et, sur ce point, comme sur beaucoup d'autres, du reste, je ne peux que vous exprimer combien vous avez raison.

C'est cette précipitation qui me conduit, à peine arrivé, à vous écrire ces quelques mots afin que vous n'alliez pas imaginer que votre cher vieil ami – permettez que je me présente à vous de la sorte – se comporte de façon un peu désinvolte à votre endroit puisque nous nous sommes vus avant-hier et que je n'ai pas évoqué devant vous ce déplacement. Mais, vous l'avez compris, j'ignorais alors qu'il me serait demandé d'effectuer toutes affaires cessantes ce déplacement.

Pardonnez-moi si je vous semble un peu confus dans mes explications ou si je parais devoir me justifier auprès de vous, mais votre affection m'est si précieuse que je ne veux qu'aucun malentendu ou qu'aucune maladresse ne viennent la contrarier.

Et puis, bien sûr, j'ai si bien pris l'habitude de nos rencontres quotidiennes que de ne pouvoir vous voir me chagrine à un point que vous pourriez sans doute difficilement concevoir. Ah, Vincent, vous avez su si bien trouver l'endroit de mon cœur que, quelques heures sans vous suffisent à aiguiser la sensation du manque. Quand je songe qu'il y a une semaine, nous ne nous connaissions pas ! Pouvez-vous mesurer l'étendue de votre influence sur ma pauvre personne ?

Mais n'allez pas penser que je m'enflamme toujours de la sorte pour le premier venu, d'abord parce que vous êtes tout, sauf le premier venu, ensuite parce que j'ai atteint un âge et un degré de désillusion qui m'amènent à m'enflammer moins vite et de façon plus pertinente que je n'ai pu le faire dans mes jeunes années.

Je veux que vous compreniez que votre compagnie m'est infiniment agréable et que votre rencontre pourrait s'avérer être de ces rencontres décisives qu'on ne fait que de très rares fois dans une vie. Mais je ne sais pas pour quelle raison biscornue j'éprouve le besoin de vous adresser pareille déclaration puisque vous savez tout de moi et de ce que je ressens pour vous, puisque vous lisez en moi comme en un livre ouvert, puisque même cette transparence que j'ai pour vous m'effraie un peu.

Et, sans doute, il ne me faudra pas relire cette lettre avant de vous l'envoyer car je serais bien capable de la détruire sur-le-champ, accablé par mon ridicule ou mon impudeur. Mais vous savez ce que l'on dit à propos de ces lettres que l'on écrit sous le coup d'une émotion, qu'elles sont l'expression de notre vérité et qu'il ne faut pas se priver de l'occasion de l'exprimer, tant ce genre d'occasion précisément est rare.

C'est une lettre pour vous dire que je pense à vous et que vous me manquez. Quoi qu'on écrive, veut-on dire autre chose que cela, cette réalité toute simple et très jolie : je pense à vous, vous me manquez ?

Retrouver Illiers est toujours pour moi une expérience étrange. C'est retrouver pour de vrai cette enfance que je m'efforce de traquer dans mes livres et c'est cette confrontation de l'écriture et de son objet qui est étrange, justement.

Écrire à propos de mon enfance, c'est d'abord écrire à propos d'Illiers. C'est ici que commence l'histoire de la famille de mon père. C'est ici que j'ai passé, enfant puis adolescent, pendant près de quinze années, mes vacances d'été, et souvent même mes vacances de Pâques. Illiers, c'est déjà la Normandie et c'est encore un peu l'Île-de-France, c'est cet entre-deux fait de vastes espaces monotones. Pour me rendre à Illiers, il me faut prendre le train et changer à Chartres : ainsi, c'est toute une expédition. Songez qu'il faut des heures pour se trouver à seulement une grosse centaine de kilomètres de Paris. Mais j'affectionne de revenir par ici, de retrouver l'église qui domine la ville, de manière si imposante qu'elle en est devenue l'un des personnages de mon œuvre, de retrouver ces lieux où j'ai si souvent marché, au point que leur souvenir m'accompagne en permanence. Sans doute, vous n'aimeriez pas Illiers comme je l'aime, parce que nous n'avons pas, vous et moi, la même enfance, et que vous vous ennuieriez beaucoup au long de ces rues désertes s'achevant sur d'interminables champs de blé. Il vous faut de l'agitation et Illiers n'en offre point. C'est autre chose, je vous l'ai dit : ce sont les années perdues et reconquises par l'écriture, c'est la douceur des choses redonnée à force de patience, ce sont les lumières chaudes de l'été sur mon visage d'homme d'où la vieillesse soudain disparaît, ce sont ceux de ma famille tous disparus et tout à coup tous vivants.

Et de vous parler d'Illiers ainsi me fait monter les larmes aux yeux. C'est la mélancolie qui m'envahit, mais une mélancolie heureuse tout de même. C'est le temps parcouru qui s'impose comme une évidence, et dont je tâche de retrouver la saveur, vous savez, cette saveur qui ne s'égare jamais, qui est là, avec nous, qui nous accompagne en silence, en secret, et qu'on reconnaît par hasard, au détour d'une route, dans le mouvement circulaire d'un regard, dans le bruissement d'une forêt où nous jouions bien des années plus tôt. C'est une jolie tristesse.

J'ignore pourquoi j'éprouve ce besoin de vous jeter de la sorte cette mélancolie au visage, vous qui ne m'avez précisément rien demandé, et qui êtes si éloigné, me semble-t-il, de toute mélancolie. Sans doute, j'apprécierais que vous fussiez près de moi, dans les instants de ces retrouvailles. Ah, parcourir mon histoire et ma géographie à vos côtés ! Je serais l'homme le plus heureux du monde...

En attendant que cet improbable événement ait lieu, je veux vous redire maintenant toute mon affection et vous adresser de tendres baisers. Je vais devoir demeurer quelques jours à Illiers, aussi, si vous n'y voyez pas d'inconvénient, vous écrirai-je de nouveau.

Votre ami. Marcel.

Cher Marcel,

C'est l'été dans Paris sous les bombes et je suis affreusement seul. Votre lettre m'a causé le chagrin de l'annonce de votre éloignement momentané et m'a procuré le réconfort de savoir qu'en dépit de cet éloignement vos pensées sont encore un peu pour moi.

Je sens bien que je ne devrais pas vous en faire l'aveu car je devine votre propension à la culpabilité et, pourtant, je veux vous dire que j'aurais tellement aimé que vous fussiez là, non loin de moi, dans ces jours de juillet qui virent à l'aigre. Je crois que j'aurais besoin de vous, de nos rendez-vous. Je sais que ces rendez-vous m'auraient permis de mieux traverser ces heures qui suintent le malheur pour des raisons que je ne puis sans doute expliciter.

Dans le même temps, je ne veux pas que vous

vous imposiez la moindre obligation à mon égard, tant il est vrai que la liberté des autres, en général, et la vôtre, en particulier, m'importent davantage que la mienne propre. Et puis, il vous faut considérer que mes tourments, certainement, s'apaiseront et qu'il n'y a pas lieu de vous inquiéter.

Ici, vous savez, la vie suit son cours, entre les éternels poncifs de mon père et les indécentes jérémiades de ma mère. C'est une habitude que j'ai prise. C'est une situation contre laquelle j'ai cessé depuis longtemps de me rebeller. En somme, je suis un fils résigné qui attend patiemment que le temps avance et je ne sais pas véritablement vers quoi je pourrais souhaiter qu'il avançât.

Non, je ne connais pas Illiers mais, à la façon dont vous m'en parlez, j'imagine que je ne pourrais pas, en effet, y trouver ce que vous-même venez y chercher. Mon passé se résume à Paris : je ne connais rien d'autre. S'il me fallait évoquer des souvenirs, il y aurait bien peu à dire. Mes attaches ne sont pas des lieux, ni des racines. En réalité, les seuls liens qui comptent pour moi sont dans l'exact présent et ce sont des personnes. C'est l'affection que vous me témoignez qui me relie au monde. C'est d'appartenir aux pensées de quelqu'un qui me fait exister.

Tout ceci n'est pas triste, bien au contraire. Le cœur bat.

Je vous embrasse tendrement.

Vincent.

Très cher Vincent,

Je m'empresse de répondre à votre lettre parvenue jusqu'à moi ce jour, et qui, comme vous le pressentiez, m'a plongé dans le plus grand tourment. J'ai senti, en effet, chez vous, une manière de détresse qui m'a absolument bouleversé. Ainsi, ce détachement que vous affectez pourrait laisser la place quelquefois à l'emprise bien réelle d'un désarroi. Et moi qui ne suis pas là, moi qui ai choisi précisément ce moment pour m'éloigner de vous...

Vous l'aviez deviné : je suis rongé par la culpabilité et je tiens à vous faire savoir que, si vous le demandez, je rentre sur-le-champ. Je ne puis supporter l'idée de vous savoir si triste, et si seul pour affronter cette tristesse. Vous voulez bien me nommer votre ami : souvenez-vous que c'est à cela que servent les amis, à être là quand les autres n'y sont plus, à vous offrir une épaule, un regard, une forme de cette présence qu'on sait réconfortante. N'hésitez pas à user de moi, de notre amitié.

N'hésitez pas, non plus, si vous vous en sentez la capacité, à me parler des raisons de votre malheur. Vous savez que je ne vous demande rien, que je ne vous poserai aucune question, d'abord parce que j'ai reçu cette éducation qui enseigne à ne pas poser les questions qui peuvent s'avérer indiscrètes, ensuite parce que je devine que vous ne me répondrez que si vous l'avez décidé et que vous décideriez de me répondre sans que je vous demande rien. Pourtant, pour vous aider un peu, il me faudrait sans doute en savoir davantage. Quoi qu'il en soit, je respecterai votre choix et serai celui qui vous accompagne, même si cela doit se faire dans le plus grand silence.

Je demeure votre bien dévoué.

Votre Marcel.

Mon cher amour,

C'est le premier jour ici, et mon premier acte est de t'écrire car ma première pensée est pour toi. Ma première pensée et toutes les autres.

Je songe que cette lettre va être à n'en pas douter ma première lettre d'amour, elle aussi. Ainsi donc, tout semble être un commencement, ce qui est une phrase un peu étonnante quand on sait, comme je le sais, que la barbarie a le même visage partout et de tout temps, et que ce champ de bataille ressemble, à de très légères différences qui ne doivent d'être des différences qu'aux progrès des techniques, aux champs de bataille de nos livres d'histoire.

Car, il ne faut pas s'y tromper, si tout est nouveau parce que tu bouleverses ma vie tout entière, parce que tu changes complètement la donne, rien n'a changé dans nos tranchées de boue séchée au

soleil de juillet. C'est toujours le même silence entêtant, la même attente écrasante, les mêmes visages apeurés juste un peu vieillis. Et même quand ces visages sont ceux de jeunes gens que je n'avais jamais rencontrés auparavant, il me semble les reconnaître, il me semble que ce sont des visages que j'ai déjà vus parce que les soldats finissent par posséder le même visage tous ensemble, cette expression hébétée, inquiète, fatiguée. Ce sont les mêmes cous crasseux sur lesquels sont relevés les cols de nos uniformes sales, ce sont les mêmes joues grises balayées de poils de barbe, ce sont les mêmes cheveux sales. Pour traquer un semblant d'humanité, pour percevoir cette différence fondamentale entre nous tous, pour nous distinguer un tant soit peu, il faut inspecter les regards. Et, Vincent, voilà précisément ce que je fais à longueur de jour : je traque les regards, les lueurs dans les regards. J'en connais des bleus qui m'ont rappelé des mers inventées, des verts qui m'ont redonné des matinées d'automne, des noirs qui disent la fierté sombre, des marron où passe une infinie tendresse mêlée de désespoir. Je traque les regards des soldats et j'essaie de croire que nous sommes encore vivants, que nous pourrions continuer d'être vivants. Alors, je pleure. Mais personne ne se moque de mes pleurs. À la guerre, personne ne se moque d'un homme qui craque. On se tait, on regarde ailleurs, on attend que les pleurs finissent, on est dans le silence de l'attente de la fin des pleurs.

Et puis, vient le moment où je referme mes yeux

pour me souvenir des tiens, pour me rappeler leur éclat. Je sais leur éclat quand nous nous retrouvons, quand nous nous embrassons, quand nous ne nous parlons pas, quand nous nous réveillons, et ce n'est jamais tout à fait le même éclat selon ces circonstances et c'est pourtant toujours le même regard. Je me concentre sur ce regard, je tâche de ne penser qu'à lui, je sais que cette pensée me protège, me fera vivre un peu plus longtemps, qu'il ne m'arrivera rien. C'est cela, tu me regardes et tu sembles me dire : sois tranquille, il ne t'arrivera rien, rien tant que je te regarde.

C'est bête, non ? C'est monstrueusement bête. Et, cependant, ce n'est rien d'autre que cela. Voilà ce que je voulais te dire. Et puis aussi que je t'aime, même si je sais que tu ne souhaites pas me voir écrire ces mots. Mais que pourrais-je écrire qui soit plus proche de la vérité ? Oui, je t'aime, Vincent. C'est tout.

Arthur.

Arthur,

Je t'écris sans savoir si tu recevras ma lettre. Je n'arrive pas bien à comprendre comment le courrier peut être acheminé jusqu'à un champ de bataille. C'est un mystère insondable, pour moi, vraiment. Mais on m'affirme que les autorités militaires réalisent des prouesses aux fins que, précisément, les lettres parviennent à leurs destinataires, pour la raison que ces lettres influent favorablement sur le moral des troupes et cela m'arrange évidemment d'y croire. Cela m'importe de savoir que mes mots ne seront pas perdus, que tu pourras les lire. J'écris en t'imaginant lire les mots que j'écris.

Je ne suis pas certain que l'institution militaire serait heureuse d'apprendre qu'elle se charge du transport des missives qu'un jeune homme de seize ans adresse à son amoureux dans les tranchées et je me réjouis un peu de ce tour que nous lui jouons. Au milieu de ce carnage insensé, un peu d'espièglerie ne peut pas faire de mal. Je crois toujours que c'est la légèreté qui nous sauve.

Parler de légèreté, sans doute, pourrait te paraître choquant mais je sais que tu as appris à me connaître. Je suis éloigné de toute idée de provocation. Je dis les choses comme elles me viennent, sans véritablement les réfléchir, comme un enfant jette ses jouets devant ses parents, sans penser à mal. Je puis être grave mais je ne veux pas être sinistre. Je suis du côté de la vie, toujours.

Moi aussi, je me souviens de ton regard avec une exactitude presque troublante. Je me souviens des nuances de ce regard, de changements infimes, à peine perceptibles. Et, dans cet à peine perceptible, il y a les plus vastes bouleversements, le passage de la lumière à l'ombre, de la joie au chagrin, de l'assurance à la timidité. Je sais que j'ai vu ce que d'autres n'ont pas su voir, ou pas songé à voir.

Je dispose de mes journées pour penser à toi. Je ne fais rien d'autre que cela. C'est mon unique occupation. Mes parents me laissent tranquille. La ville est vide et les derniers habitants de notre cité désertée semblent se terrer, dans l'attente d'un prochain bombardement. Le soleil passe au travers des persiennes de cette chambre où tu n'es plus et où je peux retrouver ta présence dans chaque objet.

C'est l'oisiveté, une oisiveté mélancolique et douce.

Tout de même, il m'arrive d'envoyer des lettres à mon ami Marcel, dont je ne t'ai pas parlé parce que nous avions autre chose à faire que de parler de mes amis lorsque nous étions ensemble. Et pour que tu ne sois pas inutilement jaloux, je te précise que Marcel est un vieil écrivain pas joli. Il est aussi un être attentionné et charmant, dont la compagnie aide à traverser les jours. Ainsi, demeuré seul dans notre chère capitale, j'adresse des missives dans nos provinces, dans l'espoir d'effacer un peu cette solitude. J'aime l'idée du voyage des mots vers ceux pour qui ils ont été écrits. Les mots voyagent et ils te disent le tressaillement qui est le mien lorsqu'il s'agit de te rendre à ton champ de désolation. Ils te disent...

Vincent.

Très cher Marcel,

Je voulais tout garder pour moi mais je sens bien que c'est impossible et vous êtes assurément celui, sans doute le seul, à qui je puis parler.

Je voulais tout garder pour moi car les histoires de cœur ont vocation à demeurer secrètes, que c'est dans le secret qu'elles s'épanouissent le mieux à ce qu'on prétend.

Le secret, bien sûr, est une forme de pudeur, une manière de timidité. Il est ce silence qui nous protège du regard des autres dont on ignore, par avance, s'il sera bienveillant, neutre ou malveillant.

Le secret, aussi, est une façon de gagner du temps, d'attendre d'être sûr que ce qu'on cache vaut véritablement d'être caché. Il est cette impatience délicieuse d'avant l'aveu.

Le secret, enfin, parfois, a pour raison de dissimuler ce qui ne peut se dire sans créer quelques remous. Il est un moyen de ne pas susciter des réactions scandalisées, lorsque ce qu'il protège paraît, par exemple, contraire aux bonnes mœurs.

Mais le secret ne peut pas être opposé aux vrais amis, précisément parce qu'on ne se sent pas de cacher quelque chose à ses vrais amis, parce que, devant eux, on éprouve l'envie de faire cet aveu qui nous brûle, et parce qu'on sait qu'ils nous comprendront.

Je crois être en mesure de dire que vous êtes de ces amis véritables. Aussi ne perdrai-je pas davantage de temps avant de vous déclarer que j'ai fait la connaissance d'un jeune homme, maître d'école de son état, soldat de vingt et un ans engagé dans notre Grande Guerre, et que je nourris pour ce jeune homme, autant qu'il les nourrit pour moi, les sentiments les plus vifs et, oserai-je, les plus passionnés.

Je veux vous dire, Marcel, que cette passion est aussi une passion charnelle.

Voilà mon terrible et grand et pauvre et merveilleux secret. Voilà ce qui me rend joyeux et triste. La joie d'un bonheur inattendu, sans complexe. La tristesse d'une séparation injuste, douloureuse. Voilà, Marcel, vous savez tout. Ou plutôt, vous savez l'essentiel. Le reste, c'est-à-dire : les mots, les gestes, les regards, vous pouvez l'imaginer sans que j'aie besoin de vous en dire davantage.

Je comprendrais que vous fussiez choqué car je crois deviner ce qu'il peut y avoir de choquant dans l'amour d'un garçon pour un autre garçon, ce qu'il peut y avoir de choquant dans cette offrande des corps à seize ans à peine, ce qu'il peut y avoir de choquant dans cette histoire qui implique un de nos soldats à un moment où notre armée ne doit pas avoir à gérer, en plus, un possible scandale. Sachez que ma volonté n'a pas été de choquer ou de rechercher le scandale. Je n'ai pensé à rien de tout cela à l'instant de refermer mes bras sur lui, la toute première fois. Je ne me suis pas senti tenu – et peut-être est-ce un tort – par de quelconques principes moraux quand ses lèvres et les miennes se sont rencontrées, la toute première fois. Je n'ai pas eu l'impression de commettre une faute et je n'ai toujours pas cette impression. Je suis au plus loin du moindre sentiment de culpabilité parce que je suis au plus près d'un sentiment d'amour. Je vous reconnais toutefois, évidemment, la faculté d'estimer que c'est pourtant bien une faute que j'ai commise, même si je pressens que vous me reconnaîtrez ce droit à la différence.

J'attends avec anxiété votre jugement. J'espère votre clémence, et peut-être votre soutien. Je suis, quoi qu'il advienne, votre tendre ami.

Vincent de L'Étoile.

Mon cher petit,

Il me faut tout d'abord vous confesser que vous êtes pour moi, au-delà même de ce que j'aurais pu imaginer au moment de notre rencontre, la source d'étonnements extraordinaires. J'avais bien l'intuition que vous n'étiez pas de ces adolescents fades et fats qui font les maris ennuyeux, ni de ces dandys flamboyants qui finissent en barbons dégoûtants. Je me doutais que, derrière le masque du bel indifférent, le feu couvait et que, malgré cet air de n'être touché par rien, c'est la passion qui pourrait vous emporter. Mais de là à imaginer ce que vous me révélez dans votre lettre arrivée à Illiers ce jour, il y avait plus qu'un pas, et que je n'aurais pas imaginé devoir franchir.

Vous n'êtes décidément comme aucun autre et comprenez qu'il y a dans ce constat tout le regret de celui qui aurait aimé pouvoir partager une ressemblance.

Alors, bien entendu, la simple moralité me commande de condamner avec la plus extrême fermeté les errements indignes que vous me rapportez. Pensez : un jeune homme de bonne famille succombant à l'abominable vice des Grecs. Ceci suffirait à vous bannir d'éternité. Mais il y a pire, et vous avez raison de le souligner : cette inversion scandaleuse survient alors que vous êtes encore presque un enfant et vous croyez devoir la consommer avec un valeureux combattant de notre guerre qui a l'obligation de l'exemplarité. Non, décidément, il n'y a rien dans cette histoire qui puisse ne pas susciter l'indignation, voire le dégoût. Je devrais vous dire, comme je le lis parfois dans les feuilletons que publient nos journaux : rompons là, Monsieur, je ne désire plus aucun commerce avec vous. Mais évidemment, si vous vous confiez à moi, c'est sans doute que vous avez confiance en ma réaction, en mon jugement et que vous devinez que je ne me livrerai pas à des condamnations sommaires et expéditives à votre endroit. Et, évidemment, vous avez raison.

Je n'ai pas les ridicules des bigots et je crois en l'homme avant de croire en une morale qui commanderait tout. Je crois qu'on a toujours raison de rechercher le bonheur et je félicite toujours ceux qui pensent l'avoir trouvé, y compris quand cette trouvaille s'est faite par des voies détournées.

N'allez pas croire, tout de même, Vincent, que je vous absous. L'absolution n'est ni dans mes prérogatives ni dans mes habitudes. Je veux vous laisser seul face à votre conscience, et libre, tout à fait libre, merveilleusement et dangereusement libre de vos choix, ou, à tout le moins, libre de vos inclinations.

Je crois simplement devoir vous mettre en garde devant ces sortes d'emportement qu'on éprouve parfois aux âges les plus exaltés de la vie, quand le corps et l'esprit changent et se sentent disponibles pour de nouvelles expériences. J'ai connu ces emportements, je sais ce qu'ils avaient de délicieux et d'excitant, je sais également ce qu'ils ont eu de douloureux. Je sais qu'il faut supporter le regard des autres, leur mépris, leur méchanceté, ou tout simplement leur science face à notre supposée ignorance, leur solidité devant nos prétendus égarements, leur rigueur contre notre immoralité, leur vertu contre notre perversion. Je sais qu'il faut composer avec le rejet de ceux vers qui on se sent le plus porté, l'effusion qu'on donne et qui n'est pas rendue. Je sais la solitude et la souffrance. Je sais l'enfermement. Je ne voudrais pas de cela pour vous parce que vous êtes cher à mon cœur, ainsi que je vous l'ai déjà dit.

Ne vous offrez pas inutilement à la vindicte, ne vous offrez pas sans précaution à la cruauté des autres. Défiez-vous de ces offrandes qu'on fait parfois avec candeur et sincérité et qui vous exposent à recevoir les blessures les plus vives.

Dans le même élan, je suis admiratif tout autant que jaloux de votre magnifique liberté, de votre capacité à aller contre les interdits, naturellement, sans vraisemblablement vous poser la question du bien et du mal, de votre liberté toujours dans l'expérience de la chair, de votre habilité à vous mettre à la fois dans le plus grand des périls et le plus exaltant des bonheurs. Je salue votre courage, même si vous n'avez pas l'impression d'avoir fait acte de courage.

Et je veux vous dire que, bien sûr, plus encore qu'hier, je suis votre ami, je suis à vos côtés, je suis celui qui est là dans les instants heureux comme dans les heures mélancoliques. Je demeure celui qui écrit un livre pour vous.

Votre Marcel.

Marcel,

Je vous remercie du fond du cœur de votre courrier qui m'a peut-être sauvé la vie. Le secret était devenu à ce point étouffant qu'avouer était soudain absolument nécessaire, vital. Je vous remercie de m'avoir permis de passer aux aveux.

Je n'imaginais pas que le bouleversement serait ce qu'il est. Je croyais qu'on ne change pas, qu'on ne change pas vraiment. Je croyais que j'aurais toujours cette indolence qui est ma signature, cette nonchalance qui n'est que le refus de toute contrainte inutile. Et cette idée simple que rien n'est important et que tout est possible.

J'y croyais dur comme fer, de ces croyances que seuls les enfants, parfois, peuvent avoir. Devenir adulte, est-ce cela ? Abandonner ces croyances qui nous tiennent et nous rassurent ?

Je me suis trompé. Je mesure combien les deux aventures que je vis aujourd'hui, les deux rencontres qui se sont produites, presque au même moment, modifient considérablement mon état d'esprit en y installant à la fois de la griserie et de l'inquiétude, des choses qui, l'une et l'autre, m'étaient tout à fait étrangères.

Vous avez forcément raison quand vous me conseillez de prendre garde à ces emballements que je connais et de me préparer à des lendemains qui pourraient déchanter. Mais comment vivre autrement que dans l'instant présent ? Et pourquoi sacrifier le bonheur d'aujourd'hui au possible chagrin de demain ?

Marcel, vous avez raison et, pourtant, je n'écouterai pas vos conseils. Je veux vivre. Je veux être dans le frisson de la vie. Dans cette excitation qui est synonyme de plaisir et de frayeur. Je veux être dans la joie au risque de la peine.

Et puis ma souffrance n'est-elle pas assez éclatante ? Ma douleur d'être séparé de lui. À peine donné, on est venu me le reprendre. Et personne pour me dire quand on me le rendra. Il faut beaucoup d'amour, vous savez, pour surmonter cette douleur-là. Beaucoup d'amour. Si je dominais ce sentiment, je serais emporté par la douleur, balayé par elle. Alors comprenez que je ne veuille rien maîtriser, mais bien au contraire me laisser aller à cet étourdissement.

Dans le tourbillon où je suis pris, je vais avoir besoin de vous, Marcel. Je vais avoir besoin de votre amitié, de votre compréhension, de votre soutien. Je vais avoir besoin que vous me guidiez. Je crois avoir compris cette affection que vous portez aux hommes. Je vais avoir besoin que vous me disiez comment on vit une vie avec cet amour des hommes. Car, autant vous en faire la confession, je sens bien que mon amour pour Arthur vient du plus lointain, qu'il ne s'agit pas d'une tocade ou d'une expérimentation mais véritablement d'une orientation déterminée.

Accepterez-vous d'être ce guide, cet ami désintéressé et juste ? Accepterez-vous de me parler comme un homme qui sait à un jeune homme qui ne sait pas ?

Je vous embrasse, cher Marcel.

Vincent.

Mon amour,

Ici, ce n'est qu'un éclatement ininterrompu d'obus. La terre jaunâtre est malmenée, trouée, défoncée et des collines avoisinantes montent des colonnes de fumée. Partout se déclenchent des sortes d'incendies et le sol tremble. Tout est sens dessus dessous. C'est un désordre indescriptible. Lorsque, de temps à autre, le déluge s'arrête, nous pouvons apercevoir ceux d'entre nous dont les corps gisent à quelques mètres à peine. Certains sont déchiquetés, méconnaissables, couverts de poussière et de sang. D'autres sont miraculeusement intacts et il nous faut quelques instants avant de visualiser un mince filet de sang échappé d'une tempe ou d'un poitrail et qui nous indique que toute vie est partie de ce corps jeune et encore chaud contre lequel on aurait aimé se blottir. Les accalmies sont toujours de courte durée. Les bombardements ne cessent jamais longtemps. Et, avec les bombardements, ce sont les assauts qui reprennent, toujours plus désespérés, toujours plus meurtriers. C'est un carnage affreux. C'est un abominable jeu de massacre, dont l'immense absurdité est éclatante. Mais il m'arrive de me demander si ce n'est pas cette absurdité, si ce n'est pas cette cacophonie qui nous permettent de repartir encore et toujours au combat, précisément parce qu'elles sont à l'exact opposé de toute forme d'intelligence, parce qu'elles nous évitent d'avoir à réfléchir. Si tu réfléchis, ici, tu finis par retourner ton propre fusil contre toi. C'est une telle misère, une telle désolation. Les gens ne peuvent pas imaginer. Ceux qui raconteront notre histoire, plus tard, ne trouveront pas les mots, parce qu'il n'existe pas de mots. Et même le peu qu'ils décriront, ce qu'ils restitueront ne sera pas cru ou pas compris. Ils demeureront seuls, tout à fait seuls, dans le souvenir indélébile et incommunicable de ce calvaire.

Je sais qu'il me faudrait ne pas te parler de cela, qui ne peut que susciter ton inquiétude, mais comment faire pour ne pas témoigner ? Comment garder tout cela par-devers soi ? C'est impossible, comprends-tu ? Impossible de se taire. Impossible de passer sous silence cet effrayant spectacle dont nous sommes les acteurs non consentants. Impossible de ne pas tenter de restituer l'horreur au quotidien. C'est quelque chose qui nous imprègne absolument jusqu'à devenir nous, jusqu'à devenir consubstantiel. Quelque chose qui nous enveloppe, comme un manteau de mort que nous n'avons pas le choix de ne pas porter. Quelque chose qui est sur nous, avec nous, contre nous, en nous tout à la fois. Quelque chose qui rôde.

Je ne pourrais pas t'écrire sans te parler de cela, sauf à décider de te mentir, de te dissimuler notre vérité et je ne veux pas qu'il y ait entre nous le moindre mensonge, la moindre impureté. Qu'au milieu de cette souillure immense que constitue la guerre, il demeure au moins la pureté, celle de notre lien. C'est cette pureté qui aide à survivre. Et c'est elle qui éclate au milieu de mes nuits, qui se détache.

J'aimerais croire que cette pureté pourrait nous permettre de triompher de l'adversaire qui nous a été désigné mais la simple lucidité m'oblige à me rendre à l'évidence : cette pureté, toute-puissante qu'elle soit, ne peut rien contre la barbarie dans laquelle nous sommes engagés. Elle n'est qu'un bouclier illusoire, une armure en papier. Notre amour est un tulle qui n'arrêtera pas les balles. Prenons garde à ce qu'il ne devienne mon linceul.

Pardon, pardon encore, pour ce désespoir que je t'envoie, cet accablement qui est la seule chose que je songe à t'offrir. Sache que, si l'esprit est tourmenté, si le corps est menacé, les sentiments demeurent intacts, comme à l'instant de la première étreinte, comme à celui de la dernière. Sache qu'à côté de ce désespoir il y a le bonheur inégalé de t'avoir en mon cœur. Sache qu'on peut être dans le même mouvement le plus heureux et le plus malheureux de tous les hommes.

Te dire enfin que je suis rassuré de te savoir en relation avec cet ami dont tu me parles dans ta lettre. Ainsi tu es moins seul. Il faut avoir des amis. Ils sont le sens qu'on donne à une vie. Parle-moi un peu plus de lui. En le connaissant mieux, il me semble que c'est encore de toi dont je me rapprocherai.

Je t'écris dès que je le peux. Je t'embrasse et je t'aime.

Arthur.

Arthur,

Il y a ceci que je continue de considérer comme un miracle : tes lettres m'arrivent. Et, écrivant ces mots, je songe que ce qui m'arrive, c'est précisément cela : recevoir tes lettres. Il ne m'arrive rien d'autre.

Recevoir tes lettres, c'est comme recevoir un coup de poing en même temps qu'une caresse. Je mesure mieux le danger qui pèse sur toi en permanence et mieux également le manque de toi.

Tu manques, si tu savais. Tu manques à chaque instant. Chaque geste est incomplet. Chaque mot prononcé rencontre un silence. Chaque lieu traversé est vide de ton corps. Chaque regard est aveugle. Chaque minute est une morsure, un regret.

Partout, je sens ton odeur, ton désordre.

Il me semble que, quelquefois, je pleure. Il y a

ça : les pleurs. Je ne peux pas les empêcher. Ils surviennent sans que je puisse les empêcher. C'est le moment d'un désespoir affreux. C'est le moment où les souvenirs sont insupportables. Il faudrait ne pas avoir de mémoire. Il faudrait pouvoir tout oublier, être dans la pureté d'avant cette histoire.

Et puis, tout aussitôt, je songe que cette histoire est la chose la plus belle qui me soit arrivée. Je voudrais me souvenir de tout, n'omettre aucun détail. Je note tout sur des cahiers d'écolier afin d'être certain de n'omettre aucun détail.

Et puis aussi, je conserve la montre que tu as oubliée. Elle est le seul objet de toi que je possède. Elle est ce qui me rattache à toi, encore. Elle est ce lien, ce seul lien matériel avec toi. Le hasard est ironique : il m'a laissé précisément ce qui me permet de mesurer ce qui me sépare de toi. Grâce à cette montre, je sais le temps qui passe entre nous sans rien savoir du temps qui reste avant que nous soyons à nouveau peut-être ensemble.

Comment peut-on avoir été avec toi et être sans toi ? Comment ai-je pu te perdre ? De temps en temps, je pense, contre la raison : j'aurais dû le retenir, l'empêcher de partir, m'enfuir avec lui, faire de lui un déserteur. Après tout, le sort de ce pays m'est indifférent. Ce qui compte, c'est nous. Nous avant eux, avant tous les autres. C'est une pensée qui ne dure jamais longtemps parce que j'en comprends vite l'absurdité, l'inanité. Mais elle dure assez longtemps pour blesser vraiment, pour

Mon cher petit,

Voilà que je reviens vers vous, toujours tout à mon ennui de ne point être en mesure de me trouver à vos côtés dans ces instants (peut-être) décisifs de votre existence car toujours tout à ces tracasseries administratives qui me retiennent à Illiers.

Vous me faites l'honneur de penser que mes conseils pourraient vous être précieux et je vous en remercie. Je m'empresse de vous dire tout d'abord que je ne suis pas certain que mes conseils seraient nécessairement judicieux parce que mon expérience ne pourra sans doute pas répondre à toutes vos interrogations. Et puis, je sais trop qu'il convient de se garder de donner des conseils car lorsqu'on se trompe, c'est avec la vie des autres qu'on joue et c'est un jeu auquel j'entends ne pas prendre part.

Toutefois, puisque vous me sollicitez, je puis vous faire le témoignage de deux ou trois choses auxquelles je crois et qui peuvent s'avérer utiles à la réflexion que vous avez à mener pour déterminer le cours que vous ferez suivre à votre existence.

D'abord, n'oubliez jamais que l'inversion, puisque c'est ainsi qu'il nous faut nommer ce que vous avez à connaître aujourd'hui, l'inversion demeure tenue pour un crime. Ce n'est pas à vous que je rappellerai les retentissants procès qui ont défié la chronique ces dernières années et qui nous démontrent, s'il était besoin, que les parangons d'une morale bourgeoise et judéo-chrétienne tiennent toujours le haut du pavé et décident pour nous de ce qui est bien et de ce qui est mal. Comprenez, cher Vincent, que la barbarie et la bêtise ne se manifestent pas seulement sur nos champs de bataille mais bien aussi dans nos manuels de droit et dans les esprits de la caste qui nous gouverne. Je vous prie de tenir compte, dans chacun de vos agissements, de cette haïssable réalité. Je sais que vous ne craignez nullement le scandale, ni pour vous, ni pour votre famille, mais il me serait assez désagréable d'avoir désormais à vous rendre visite en prison. Car c'est cela précisément que vous risquez, vous l'avez compris : la prison. On ne badine pas avec ces choses-là. En France, aujourd'hui, il vaut mieux assommer une vieille dame que d'aimer de trop près un garçon quand on est soi-même un garçon.

Et puis, il y a cette autre chose que je voudrais

Ensemble également, nous sommes montés au front. Au milieu d'un vacarme épouvantable, dans une panique indescriptible, nous avons participé, côte à côte, à la progression de nos lignes. Car, tu sais, nous devons avancer coûte que coûte, gagner des pouces de terrain sur l'ennemi, rejoindre ces fils barbelés, là, à cent mètres devant nous. Nous devons aller de l'avant, mettre un genou à terre, nous arrêter, viser, tuer quelqu'un peut-être, repartir, espérer n'être pas dans le viseur d'un autre. Et, dans cette progression, chaque fois, nous perdons des dizaines d'hommes. Les balles qui sifflent trouvent l'endroit de dizaines de cœurs. Les canons dont nous devons supporter le tonnerre incessant font jaillir dans l'air sillonné d'obus des dizaines de corps affreusement mutilés, estropiés, déchiquetés. Pour échapper à ce massacre, parfois, nous nous traînons dans des trous, nous tâchons de nous y blottir, nous attendons que les tirs cessent enfin. Et, quand le calme – mais peut-on nommer calme ce silence affreux ? –, quand le calme revient, nous entendons la voix faible des blessés qui appellent leur mère comme dans une pathétique réminiscence d'enfance, la voix des mourants qui implorent qu'on les secoure ou bien qu'on les achève, nous entendons, venues d'on ne sait où, des prières au milieu des débris, des incantations qui s'envolent avec la fumée des obus explosés. Puis parvient jusqu'à nous l'odeur pestilentielle des cadavres qui jonchent les champs, une odeur de charnier mélangée à celle de la poudre. Qu'on ne s'y trompe pas : la mort a une odeur. Et s'il m'est donné de vivre, je la reconnaîtrais inévitablement si je dois la sentir à nouveau. Puis, lorsque nous nous hissons hors de notre refuge de fortune, nous voyons ces cadavres partout, ces cadavres dans des poses étranges, entrelacés quelquefois comme dans une scène amoureuse incongrue en cet endroit, l'image arrêtée d'un carnage.

C'est cela que j'ai vécu avec Alexis Guérande, soldat de vingt ans. Cela et la fournaise des nuits embrasées, la honte et la lâcheté des replis quand l'ennemi est plus fort que nous, et d'autres choses encore qu'il est sans doute inutile de raconter ici, tant on finit par se lasser de tout, y compris de raconter des atrocités devenues avec le temps terriblement ordinaires.

Alexis Guérande est mort. Alexis Guérande est mort, ce matin, à côté de moi. Il est mort, frappé à la tête par une balle de hasard, dans un moment de répit, dans un moment où les combats avaient cessé et où notre attention s'était relâchée. Juste une balle qui s'est logée dans sa tempe gauche, rien d'autre, quelque chose de très net, comme un éclat de diamant pur qui forme tout à coup un trou rouge au bout de ses sourcils. La mort a été instantanée. Alexis ne s'est rendu compte de rien, il n'a rien vu venir. Juste après, il y a eu un mince filet de sang qui a coulé le long de sa bouche. Les yeux sont restés ouverts. Des yeux très clairs, très beaux, soudain vides, figés. Cela a pris seulement quelques secondes : l'impact de la balle, la coulée de sang, le regard figé.

Sur un champ de bataille, on acquiert l'habitude

de la mort, on la reconnaît facilement. On comprend tout de suite ce qui arrive. On reçoit cela comme une fatalité, une injustice qui devait survenir. On ne dit rien. On a juste un peu mal et on passe à autre chose, on continue. Si on ne peut pas supporter ça, si on ne peut pas continuer après ça, on est foutu. J'ai vu des dizaines de soldats mourir. J'ai toujours continué.

Pourtant, ce matin, lorsque j'ai compris qu'Alexis était mort, j'ai, pour la première fois, pensé que je ne pourrais pas continuer, que cette mort était la mort de trop, que je ne surmonterais pas cette épreuve-là, que c'était au-dessus de mes forces. Lorsque j'ai passé ma main sur son visage pour refermer ses yeux, j'ai pensé que je n'étais plus capable de continuer. Alexis avait la peau douce d'un jeune homme de vingt ans. Cette peau douce du visage recouvert par ma main m'a donné envie de pleurer et d'abandonner. J'ai pensé que la mort d'Alexis Guérande était une raison valable pour abandonner. J'ai pensé que la mort d'un jeune homme de vingt ans à la peau si douce était une raison valable pour cesser de tenter de survivre, cesser de tenter de s'en sortir. J'ai pensé que le monde n'avait plus de sens si disparaissaient les jeunes hommes de vingt ans à la peau douce.

Voilà ce qui est arrivé tout à l'heure.

Juste cela.

Une mort simple.

L'écroulement d'un monde.

Ainsi tu peux mieux comprendre dans quelles dispositions d'esprit se trouve celui qui s'adresse à toi.

Et, pensant aux parents qu'Alexis laisse, pensant à leur douleur indépassable, à leur deuil écrasant, à leur vie anéantie, j'ai pensé que c'était quelque chose qu'à mon tour je ne devais pas t'offrir. On ne doit pas faire pour unique promesse l'angoisse, l'attente impuissante d'une disparition probable, une sorte de veuvage sans même avoir jamais été mariés. On ne peut pas donner aussi peu d'espoir.

J'ignore ce que ton ami Marcel t'a dit précisément mais je suis de son côté quand il te met « en garde contre les emballements du cœur ». Je crois que je comprends ce qu'il tente de te dire quand il cherche à t'épargner d'éventuelles désillusions et de possibles peines. Je crois que tu devrais l'écouter.

Et puis, ce que tu m'apprends à propos de ma mère, et qui ne me fâche pas tant je suis persuadé qu'elle doit se sentir moins seule maintenant qu'elle a « conversé » avec toi, ne peut que renforcer mon souhait d'épargner à ceux qui m'attendent le risque d'une mauvaise nouvelle qui provoquerait un chagrin peut-être insurmontable, ou au moins dont on met des années à se remettre.

Je ne puis pas exiger cela de ceux que j'aime, de ceux auxquels je tiens le plus. Votre peine décuple la mienne, comprends-le. Ainsi cette histoire incroyable dont il nous est donné, à notre corps défendant, d'être les acteurs nous rend tous malheureux.

Je veux te dire qu'il est sans doute préférable que tu m'oublies, qu'il vaut mieux que tu tournes ton regard vers l'avenir puisque tu as toute la vie devant toi, que tu trouves des amours nouvelles qui ne te feront pas souffrir inutilement. T'écrire cela exige un courage hors du commun et témoigne d'un désespoir qui ne peut même pas se mesurer mais veut signifier que la raison doit l'emporter, que la raison peut encore l'emporter avant que nous ne soyons tous devenus tout à fait fous.

Aimer quelqu'un, c'est aussi, c'est d'abord le préserver des coups qui le blesseraient mortellement. Être aimé, c'est pouvoir attendre de l'autre qu'il se sauve avant qu'il ne soit trop tard, qu'il sacrifie un bras atteint de la gangrène pour éviter que celle-ci ne se propage et ne l'emporte.

N'écris pas. Si tu n'écris pas, je comprendrai que tu as admis la valeur de mon raisonnement.

Je t'aimerai jusqu'au dernier souffle.

Arthur.

Mon Arthur,

Je t'écris. Dès ta lettre reçue, sans réfléchir, je t'écris. Je ne veux pas que tu envisages, un instant de plus, que je pourrais admettre la valeur de ton raisonnement.

Ce que tu me demandes est inacceptable, et tout simplement impossible.

On ne décide pas d'oublier celui qu'on aime. On n'a pas les moyens de faire cela. Quand bien même on le désirerait – et je ne le désire nullement –, on n'y parviendrait pas.

Nous sommes ensemble. Comprends-tu cela ? Nous sommes ensemble. Je ne veux pas d'amours nouvelles. Et je suis prêt à recevoir tous les coups. J'écris cela dans le désordre, pardon. Mais il me faut d'urgence te dire que tu te trompes, que la vie est plus forte, que ce qui nous réunit est plus fort, que la guerre, cela n'est rien, que tu en reviendras, que tu seras vivant, que nous serons vivants.

Je prendrais toutes les souffrances avec moi, s'il le fallait, toutes, puisque j'ai tous les bonheurs.

Et je veux qu'à chaque minute, à chaque seconde, tu te rappelles que je suis là, que je ne suis là que pour toi, pour que cela t'aide à tenir, une seconde, une minute de plus, et que cela fasse toutes les secondes, toutes les minutes jusqu'à la fin de la guerre. Pour que cela, aussi, te donne l'obligation de revenir.

Un soldat mort, c'est un monde qui s'écroule assurément. Et deux corps qui roulent dans la chaleur d'un lit, c'est un monde qui renaît. Pense aux renaissances, aux reconquêtes.

Ne meurs pas. Ne meurs pas.

Vincent.

(Lettre parvenue à sa destination le 4 septembre 1916.)

Mon cher petit,

Je vais enfin pouvoir quitter Illiers et rejoindre Paris dans les tout prochains jours. Ainsi, j'aurai la joie de vous revoir et de vous écouter me dire le cours de votre existence et peut-être l'état de vos amours.

Ne trouvez-vous pas que ces dernières journées d'août ont quelque chose de tout à fait déchirant et paraissent nous annoncer, dans les orages qu'elles charrient, un automne menaçant ? J'ai parfois le sentiment que nous ne sortirons jamais de cette guerre et le mauvais temps qu'il nous est donné de connaître depuis quelques jours semble vouloir nous le rappeler. Je sais bien que je ne devrais pas vous dire cela, à vous qui espérez la fin du conflit parce qu'il marquerait le retour de votre amoureux mais c'est ma façon à moi de vous mettre en garde contre des espoirs fous, des attentes qui défieraient le bon sens et je crois de mon devoir, tant il est vrai que je me sens des devoirs à votre endroit, de vous préparer au pire pour que vous soyez heureusement surpris le jour où le meilleur surviendra.

Vous m'en voudrez sans doute pour mes mauvais augures ou pour mes mises en garde. Et, après tout, qui suis-je pour m'autoriser ces libertés avec vous ? À cela, je vais répondre encore une fois : je suis celui qui a souffert d'une disparition. Je suis celui qui sait mieux que beaucoup d'autres le vide d'une absence et l'attente vaine. Je ne veux pas de ces tourments pour vous. Vous êtes à ces âges les plus célébrés où les tourments doivent être épargnés. Vous ne devez pas accepter autre chose qu'être heureux. C'est même une exigence que vous pouvez avoir.

Croyez-en le vieux bonhomme désabusé que je suis devenu, et qui vous aime comme un père, un frère, un ami.

Je vous embrasse, cher Vincent, je vous serre entre mes bras, tâchant que cette étreinte vous donne le courage qu'il vous faut.

À très bientôt.

Marcel.

« 10e compagnie du 77e régiment d'infanterie.
Le commandant.

Madame Blanche Valès
32, rue des Plantes
Paris, XIVe arrondissement

Verdun, le 3 septembre 1916,

Madame,

J'ai l'extrême douleur d'avoir à vous annoncer la disparition de votre fils, Arthur Valès, soldat de deuxième classe de ma compagnie. Celui-ci a trouvé la mort en de valeureux combats menés pour reconquérir des terres dont l'ennemi s'était emparé.

Je tiens à ce que vous sachiez que nos soldats conduisent ici et sur l'ensemble du territoire national des luttes héroïques au prix de leurs vies pour rendre à la France son intégrité et son honneur.

Je veux vous dire combien la patrie est et demeurera à jamais reconnaissante à votre fils.

Sa dépouille sera acheminée par les autorités militaires dans les délais les plus courts à l'endroit que vous voudrez bien nous indiquer.

Je vous prie d'accepter, Madame, mes plus sincères condoléances, en mon nom propre et en celui de l'armée française.

Commandant Georges Gallois. »

Marcel,

Il est mort.

Il est mort et moi, je ne suis déjà plus vivant.

Vincent.

Livre Trois

À corps perdus

La mère est là. Elle est là, droite, debout devant moi, raide dans la douleur. Sa raideur ressemble à la rigidité d'un cadavre. Ce n'est pas l'expression d'une forme de dignité même si je ne doute pas un seul instant que cette femme soit d'une exemplaire dignité. C'est l'immobilité de la souffrance absolue, la position de qui lutte pour ne pas mourir, pour ne pas se jeter par les fenêtres, là, tout de suite, et sans savoir véritablement ce qui empêche précisément de se jeter par les fenêtres. C'est l'apparence que renvoie qui a tout perdu, qui n'a plus que la mort à attendre. Car, en effet, ce qui reste désormais à attendre, c'est la mort. Il n'arrivera plus que cela. Ce sera le dernier événement. Et même cet événement n'en sera pas un. Plutôt une formalité, une évidence, un soulagement, une terminaison logique. La mère sait que sa propre mort passera inaperçue.

La mère est là. Elle est grise, comme si le visage était de cire, comme si toute lumière avait disparu, comme si l'ombre avait affaissé tous ses traits, comme si l'obscurité s'était emparée d'elle. On sait que la blancheur ne reviendra jamais, que la mère orpheline possédera toujours ce visage, dorénavant, qu'il ne se modifiera plus, qu'il est figé dans la grisaille, dans une sorte de matière ferreuse, froide pour l'éternité. Si elle vit encore quelques années, ce visage, bien sûr, accumulera des rides, creusera des sillons, mais il ne s'agira pas d'une transformation, plutôt d'une évolution lente, d'un déclin, d'un renforcement méthodique de la part d'ombre.

La mère est là. Elle est silencieuse. Plus que cela : elle est le silence. Elle est l'hébétude. Aucun mot ne sort d'elle, aucun son. Elle est dans l'impossibilité de produire un son, elle est interdite de le faire. Et, d'ailleurs, elle ne cherche pas à prononcer un mot, elle consent à ce mutisme qui s'est imposé à elle, elle l'accueille comme une bénédiction. Que dirait-elle ? Et elle sait qu'en face de ce silence personne n'osera prendre la parole. Personne n'osera s'adresser à elle. Et, en effet, que dirait-on ?

La mère est là. Sa présence est presque insoutenable. On voudrait que cette femme enveloppée, enkystée dans la souffrance ne fût pas là. On voudrait n'avoir pas à affronter sa présence avec laquelle on ne sait pas composer. On est écrasé par cette présence, réduit par elle. Il n'y a pourtant aucune réprobation dans cette présence, juste le poids énorme d'une existence détruite, en gravats.

La mère est là. On détourne le regard. On fait ce mouvement, d'emblée, qui consiste à détourner le regard. On ne veut pas même l'apercevoir. On ne veut pas prendre le risque de l'affronter, d'avoir à se retrouver face à elle. On ressent une inexplicable, une absurde culpabilité, et puis aussi le sentiment très net, très déstabilisant qu'il y a de quoi devenir fou, se jeter par les fenêtres évidemment. C'est les larmes. Dès qu'on la regarde, c'est les larmes. On est submergé par sa douleur à elle.

Cela dure longtemps. La mère, là. Cela dure une éternité, une infinité, une poignée de minutes. Chaque seconde se détache, peut être comptabilisée, se sépare de celle qui la précède très distinctement. Le temps qui s'écoule devient une pesanteur. Cela dure longtemps. La mère, là.

Il me faut quitter la pièce où elle se tient, m'enfuir. Il me faut m'éloigner de celle qui a donné la vie à Arthur. C'est trop pour moi. Le contact avec elle me ramène à la pureté intacte de mon chagrin, à l'épaisseur inentamée de ma tristesse.

Mais, tout à coup, c'est elle inexplicablement qui me retient. C'est elle qui, soudain, brise son silence. Elle dit : restez, je vous en prie. C'est ça, précisément. Les mots par elle prononcés sont : restez, je vous en prie. Elle dit cela d'une voix désincarnée, traînante, lugubre. Elle ne sait pas s'empêcher d'avoir cette voix-là, sans doute. Elle ne sait pas parler autrement qu'en tâchant de retenir ses sanglots. Elle doit poser sa voix pour ne pas pleurer, ou au moins pour ne pas trahir son émotion. Et, du coup, cela devient une voix autoritaire, de celles qui donnent des ordres contre lesquels on ne songerait pas à aller. Cela devient une voix qui en impose, alors que nos rapports devraient porter celle qui est notre gouvernante à la soumission, à la discipline. C'est une voix qui m'impressionne, où je crois reconnaître le timbre d'Arthur. Une voix d'outre-tombe.

Alors, je m'immobilise. Je renonce à ma fuite. Je comprends que cette fuite ne sert plus à rien et que le moment est venu d'affronter ce à quoi je tentais, sans véritablement en avoir la conscience, de me dérober. Je me retourne vers elle. Elle ne dit rien, ne songe pas à s'excuser pour la rudesse de son ton et le caractère inhabituel de sa requête. Elle n'est plus dans ce genre de relation avec moi. En ne s'excusant pas, c'est cela qu'elle me signifie, que nos relations ne sont plus celles d'une servante à son maître. Je sais qu'elle a raison.

Elle dit : à vous, je vais parler. Et puis, après, je ne parlerai plus jamais. Je ne dirai plus un mot.

Comprenez-vous cela, que je dois parler, tout dire enfin, tout dire une fois et puis me taire pour toujours ? C'est une obligation, une évidence. Après, tout sera fini.

Comprenez-vous que c'est impossible à garder pour soi, et que pourtant, c'est ce que j'ai fait pendant des années ? C'est un secret qui paraîtra peut-être dérisoire et qui, pour moi, est énorme. Cette énormité m'a réduite au silence. Mais, aujourd'hui, j'ai besoin de hurler ce secret.

Comprenez-vous que je suis écrasée par le regret de n'avoir rien avoué à mon fils qui m'implorait de parler et que, si je ne veux pas que ce regret me rende folle, il me faut au moins dire une fois ce que j'ai caché pendant toutes ces années ?

Comprenez-vous que vous êtes désormais le seul à qui je puis parler, le dernier ? Vous êtes l'ultime lien avec mon fils, vous êtes l'unique témoin possible de cette histoire. Bien plus que vous n'êtes en mesure de le concevoir, vous êtes au cœur de ce secret.

Comprenez-vous que je vous demande d'effacer un peu ma faute, d'admettre que ma souffrance amoindrit ma faute ?

Je ne réponds pas. Ses questions n'appellent pas de réponse.

Elle dit : vous êtes un jeune homme de seize ans, vous ne devriez pas comprendre et, pourtant, je sais que vous comprenez tout.

Vous êtes celui que je devrais ne pas aimer, celui à qui précisément je devrais refuser de me confier, mais c'est tout le contraire évidemment.

Arthur n'avait pas quinze ans quand j'ai compris qu'il était perdu pour l'amour des femmes et, plutôt que d'en être catastrophée, j'ai accepté cette découverte, je l'ai accueillie comme quelque chose contre quoi il ne servait à rien, sans doute, de tenter de lutter. Je n'ai pas réfléchi. Il n'y a pas eu non plus de bienveillance de ma part, pas de complaisance. Cela s'est passé, c'est tout. Nous n'en avons jamais parlé. Et chacun de nous savait que l'autre savait. Cela n'a jamais été une difficulté, jamais un sujet de discussion non plus. Juste une certitude entre nous, paisible et silencieuse.

Je crois que j'ai su qu'il était tombé amoureux de vous avant que lui-même ne le sache. Une mère devine ces choses-là. Elle sait observer les regards de son fils, ses attitudes, le changement dans ses regards et ses attitudes. Arthur n'était plus le même dès qu'il lui arrivait de vous croiser. Et il me parlait de vous davantage que de quiconque. Dans ses lettres, c'est des nouvelles de vous qu'il demandait. Il y a des signes qui ne trompent pas. Même imperceptibles, une mère reçoit ces signes. Je connaissais mon fils mieux que moi-même. Et vous, vous ne voyiez rien.

J'écoute la mère parler. Je suis entièrement dans cette occupation. J'entends l'emploi de l'imparfait pour la première fois, et d'entendre parler d'Arthur au passé me heurte au-delà de ce que je peux exprimer. J'entends l'histoire racontée alors que je n'ai rien demandé. J'entends l'histoire dévoilée, moi qui ignore tout de ce qui m'a précédé. J'entends l'aveu par la mère de l'amour du fils et je suis au plus près d'un évanouissement. J'entends cette phrase : je connaissais mon fils mieux que moi-même, et je mesure ce qu'est une existence dédiée à un autre. Je ne dis rien.

Elle dit : je vous ai observé bien souvent sans que jamais vous ne vous en soyez rendu compte. J'ai longtemps estimé que vous étiez bien jeune, trop jeune. C'est cela qui m'a dérangée, bien plus que la différence de milieu, par exemple. J'ai très vite compris que mon fils éprouverait le besoin de vivre son histoire avec vous, qu'il n'y renoncerait pas. J'ai pensé : plus tard, peut-être. C'est venu plus vite que je ne l'espérais. Il n'a pas su attendre. Ou bien il n'a pas pu.

Il y avait votre candeur, votre droiture, la légèreté de vos seize ans, votre beauté. J'ai consenti qu'il s'agissait sans doute d'un bon choix. N'allez pas vous imaginer que je suis une mère complaisante. Simplement, j'ai cherché le bonheur pour mon enfant.

Lors de son dernier retour ici, il n'a pas eu besoin de parler. Dès les premiers instants, j'ai su qu'il avait pris sa décision, qu'il allait vous faire sa déclaration, que rien ne pourrait l'en dissuader. Il était déterminé et grave. Il savait ce qu'il faisait, ce qu'il voulait. Il était heureux.

Et la première nuit, lorsque je ne l'ai pas vu revenir, j'ai compris ce qui était survenu. Je ne devrais pas vous le dire mais j'ai pleuré. J'ai pleuré parce que, tout à coup, c'était vrai, c'était là. Sa différence s'exprimait et, pour la première fois, je ne l'ignorais pas. Cela venait de loin, pourtant. Je croyais m'y être habituée. Mais savoir le corps de son fils mêlé à celui d'un autre garçon, tout de même, pour une mère, c'est une chose inconcevable. Oui, c'est cela, exactement : une chose inconcevable.

Je songe au courage qu'il faut pour évoquer l'enfant mort, à cette forme de dépassement de soi pour en être simplement capable, et puis à cette force presque inhumaine pour évoquer sans la moindre trace de reproche une orientation qu'on n'aurait pas choisie pour son fils. Je songe que ma mère ne pourrait pas faire ce que cette femme est en train d'exécuter devant mes yeux, qu'aucune femme peut-être ne le pourrait. Aucune mère, en tout cas. Et j'ignore si ce qui se produit suscite mon admiration ou me met mal à l'aise.

Elle dit : les autres jours, il a persisté dans son silence. Je veux dire : il n'a pas parlé de ce qui se passait entre vous. Mais je comprenais qu'il était heureux. Et ce bonheur-là, survenu juste après les atrocités vécues, survenant avant celles qui s'annonçaient, ce bonheur n'était pas discutable.

Elle dit : il y a quelque chose que je tiens à vous demander, que je me suis promis de vous demander. Quelque chose de très intime, d'indiscret certainement mais je suppose que j'ai besoin d'être certaine de la réponse, besoin de connaître l'exacte vérité. L'aimiez-vous autant qu'il vous aimait ? Avez-vous pris toute la mesure de l'amour qu'il vous portait et avez-vous répondu en conséquence ? Je ne souhaiterais pas apprendre que cette histoire aurait pu n'être pour vous qu'une aventure et, cependant, j'admettrais qu'un enfant de seize ans qui a la vie devant lui n'accorde pas aux choses la même importance qu'un homme de vingt et un ans qui va mourir.

Pour la première fois, je vais devoir prendre la parole. Pour la première fois, raconter cette histoire. Je tremble. C'est cela que je sens tout d'abord : les tremblements de tout le corps. Je mets du temps avant de pouvoir prononcer un mot et je vois que la mère m'accorde ce temps, que son attente est une manière de compréhension. Enfin, je dis : je n'étais pas préparé à cela. Je n'ai rien vu venir, rien désiré, rien provoqué. Tout m'a été donné, un jour. Et ce que je puis vous dire, c'est que j'ai tout pris, sans réfléchir, sans hésiter, que cela a été comme une évidence. Après, je n'ai pas réfléchi davantage, je n'ai pas estimé qu'il était nécessaire de réfléchir. J'ai profité de l'instant, de l'intensité de l'instant. J'ai été d'une sincérité absolue, sans tache. Lorsqu'il a été parti, j'ai pu mettre un nom sur cela. C'est le nom que vous employez vous-même.

La mère semble soulagée par cette confession. C'est un soulagement affreux. L'amour, tout de même, plutôt que rien. Un garçon qui aime plutôt qu'une femme qu'on ferait semblant d'aimer. Ce n'est même pas une consolation puisqu'elle est inconsolable. C'est juste un tourment en moins, et dans l'horreur qu'est devenu son quotidien, cela compte.

Je me demande si elle imagine son fils entre mes bras. C'est cette question que je me pose, peut-être malsaine ou déplacée. C'est cette question qui jaillit à mon esprit. Je suppose que j'apprécierais qu'elle ait les mêmes souvenirs que moi, qu'elle conserve les mêmes images, parce que, à moi, ces images semblent très pures. Et, bien sûr, elles le sont, pures. D'évidence, pourtant, elle ne peut rien imaginer, et même elle ne souhaite vraisemblablement rien imaginer. Toutefois, comme moi, elle connaît la douceur de la peau, la force de l'étreinte. Je sais que nous nous partageons aussi un corps.

Je sais qu'Arthur, c'est elle aussi. C'est elle d'abord. Dans la blondeur fatiguée de la mère, dans la clarté du regard, dans la lassitude de certains gestes, dans l'emploi de certains mots, c'est le fils que je retrouve. Cette filiation est là, devant moi, bien réelle, concrète, terriblement concrète.

Alors, sans que je le sache encore, nos pensées, les siennes et les miennes, cheminent ensemble, vers le même point. C'est au père que nous pensons. C'est le père que je cherche à retrouver dans la part de l'apparence d'Arthur qui n'est pas l'apparence de la mère. Et c'est au père qu'elle cherche à m'amener quand elle dit son intention de me délivrer son terrible secret.

Et précisément, elle dit : je dois vous dire que lors de notre dernière rencontre, pour la première fois depuis l'adolescence, il a recommencé à poser des questions à propos de son père. Elle dit cela calmement parce que c'est là que, depuis le début, elle désirait en venir. Elle dit cela comme le prolongement logique de ce qu'elle m'a dit auparavant. Elle dit cela comme le dirait quelqu'un qui en attendrait une délivrance. Le visage est simplement plus concentré, le regard fixe un point quelque part sur ma gauche, la voix devient plus mécanique comme si elle se préparait à réciter un texte connu par cœur. Et, bien sûr, je suppose qu'elle a ressassé les mots des centaines de fois dans sa tête, qu'ils sont comme une pierre que le temps a polie, que tous les angles en ont été arrondis, que cette pierre peut tenir au creux de la main. Cette pierre, c'est toute sa vie.

Elle dit, sans que pourtant j'aie rien laissé paraître : je sais ce que vous pensez. Vous pensez : voilà, elle est prête à raconter son histoire, elle la connaît par cœur, cette histoire, elle a cherché à l'oublier, à l'évacuer, mais, très vite, elle a dû se résoudre à admettre que c'est impossible, alors elle a pris l'histoire avec elle, elle l'a logée dans un coin de son cerveau et elle a décidé de ne jamais la dévoiler, de la taire. Mais la taire, c'est s'obliger encore plus à vivre avec elle, c'est la voir grandir jusqu'à ce qu'elle occupe toute la place, c'est risquer la folie. Elle sait simplement qu'elle doit se taire au risque de la folie. Et c'est ce que j'ai fait jusqu'à aujourd'hui : je me suis tue et je suis allée jusqu'à la lisière de la folie. J'ai failli y perdre mon fils et, finalement, je l'ai perdu quand même. Tout cela vous semble un peu insensé, n'est-ce pas ? un peu absurde ? Incompréhensible, assurément. Mais c'est parce que vous ne savez pas ce que c'est que la honte. Vous ne le savez pas, n'est-ce pas ? C'est un sentiment que vous n'avez jamais éprouvé. Non pas la honte passagère, à cause d'un mensonge de trois fois rien, d'une petite trahison, d'une légère humiliation. Mais la honte qui vous accable, vous écrase, celle qui vous enveloppe jusqu'à devenir vous. Lorsque je jette un coup d'œil sur ces vingt dernières années, c'est la honte qui vient en premier, qui est sur tout, qui pollue tout, qui envahit tout. Et, au moment de vous avouer la vérité, c'est cette honte-là que je ressens, de tout mon corps, de toutes mes fibres. Une honte qui ne partira jamais.

Je voudrais lui dire : ne me dites rien. Vous n'êtes pas obligée de parler. Vous avez le droit de continuer à vous taire. Et, d'ailleurs, vous avez raison : pourquoi me parler à moi ? Mais je devine que cela serait inutile, qu'elle n'est pas arrivée jusque-là pour s'arrêter. Alors je la laisse continuer. Et c'est l'inquiétude et le malaise qui s'emparent de moi. À nouveau, le corps tremble. C'est dans les réactions du corps que je comprends le mieux ce que j'éprouve.

Elle dit : il faudrait vous imaginer le froid de l'hiver 1894. Un froid terrible et qui n'en finissait pas. Un froid qui tue. J'ai vu autant de cadavres cet hiver-là que certains soldats en voient sur le champ de bataille. Ils jonchaient les rues. On mettait parfois plusieurs jours avant de les ramasser. Ma mère et moi, nous habitions du côté de la porte des Lilas. Un immeuble sans charme mais que j'aimais bien. À côté de chez nous vivait un ancien professeur qui m'a fait découvrir la littérature française. Pour moi, la porte des Lilas, c'est avant tout Jean-Jacques Rousseau, Victor Hugo et puis la poésie d'Arthur Rimbaud. Nous étions arrivées à Paris dix ans plus tôt, après la mort de mon père.

Nous vivions des ménages que ma mère faisait ici ou là. Et puis, ma mère est tombée malade. Une mauvaise fièvre qu'on ne soigne pas. Elle est morte en quinze jours. Elle n'avait pas quarante-cinq ans. Je me suis retrouvée seule. Ils m'ont mise à la rue, parce que j'étais trop jeune et que je n'avais pas l'argent pour payer le loyer. Voilà, c'est cela que vous devez savoir : j'avais vingt ans et, dans cet hiver glacial, je vivais dehors. Je ne veux pas vous faire pleurer sur mon sort. C'était il y a si longtemps et, après tout, j'étais comme bien des jeunes filles de mon âge. La misère, c'est quelque chose qui se partage. C'est aussi quelque chose qu'on n'étale pas.

Je pense : il est encore temps de partir, de s'enfuir, de ne pas écouter cette histoire, il est encore temps d'y échapper. Mais je ne m'enfuis pas. Je reste. Je reste pour écouter la suite de l'histoire. Je sens que c'est toute ma vie qui va s'en trouver bouleversée.

Elle dit : elle s'appelait Gisèle. C'est un joli prénom. Si j'avais eu une fille, je l'aurais appelée Gisèle. Elle ressemblait à un petit animal. Elle avait un visage d'enfant ponctué de taches de rousseur. Elle n'avait pas vingt ans. Quelquefois, on va vers les gens sans savoir pourquoi et, en même temps, on sait qu'il faut aller vers eux, que c'est avec eux qu'on a envie de parler. Je suis allée vers Gisèle alors qu'elle n'avait rien fait pour ça. Je l'ai imaginée comme une possible compagne d'infortune et, assurément, elle l'était. Nous nous sommes dit nos vies, comme si nous nous connaissions depuis des années. À la fin, elle a simplement lancé : moi, j'ai trouvé le moyen d'échapper à tout ça. Il suffit de monnayer son corps, puisque c'est tout ce qui nous reste. Vingt ans après, j'entends encore cette phrase résonner à mes oreilles, je l'entends avec une exactitude absolue. C'est le genre de phrase qui ne s'oublie pas.

Je comprends la direction que prend l'histoire. Je comprends où nous allons. J'ai seize ans, les cheveux noirs, les yeux clairs, je m'appelle Vincent de L'Étoile et je sais où cette femme de quarante ans qui en paraît soixante, gouvernante de son état, m'amène. Là où elle va, je la suis.

Je la regarde : elle a vingt ans. Je la regarde : elle est blonde, elle a la peau douce et une expression fatiguée, elle a peur. Je la regarde : elle passe la porte que Gisèle devant elle retient, elle passe la porte et elle plonge en enfer pour tenter de sortir d'un autre enfer. C'est le début du printemps, les frimas d'avril, elle laisse derrière elle les arbres que le vent fait frissonner, une jeunesse pauvre et digne, des illusions peut-être et elle pénètre dans la chaleur artificielle d'une ancienne demeure bourgeoise reconvertie en maison close. Elle vient vendre son corps puisque c'est tout ce qui lui reste.

Je réfléchis au courage qu'il faut, à la désespérance que cela suppose. C'est abyssal. Je contemple des abysses.

Et, tout à coup, elle redevient la femme de quarante ans qui en paraît soixante. Elle ferme les yeux. Elle me parle en silence. Soudain, je vois le poids des années, et celui de la honte. Je vois le visage affaissé, démoli, le corps lourd, le cheveu défait, tout l'être avachi, accablé. Je comprends tout.

Elle dit : ils ont été très gentils avec moi, accueillants comme avec une nouvelle pensionnaire. Cette gentillesse-là était absolument dégoûtante. Je crois que j'aurais préféré de la rudesse, de la brutalité. Cette gentillesse, c'était la vraie violence.

Je pense à Victor Hugo, lu chez le vieux professeur. Je pense aux Thénardier. Je crois que la vie est pire que la littérature.

Elle dit : je me souviens de l'avoir vu entrer. Il était aussi oriental que j'étais blonde. Son visage était aussi ovale que mon corps était maigre. Son air était aussi aristocratique que mon apparence est populaire. Sa terreur était aussi grande que la mienne. Je ne l'ai pas détesté pour ce qu'il était. Je l'ai détesté pour ce qu'il représentait. Mais j'ai pensé : plutôt celui-ci qu'un autre, plutôt ce jeune homme terrorisé qu'un vieux barbon. Dans le dégoût, j'imaginais qu'il y avait des degrés possibles. Je me trompais.

Un homme à qui on donne son corps contre de l'argent reste un homme à qui on donne son corps contre de l'argent. Rien d'autre. Il ne faut pas se raconter d'histoire. On peut se chercher des excuses, il n'y en a pas. On peut essayer de minimiser sa faute, c'est illusoire. À la fin, il ne demeure que ce qu'on a fait, que ce qu'on a consenti à faire, que ce qu'on a été réduit à faire. Tout le reste, ça ne compte pas. La saleté, la tiédeur, la vulgarité, la honte prennent le pas sur tout et occupent toute la place. Il y a des femmes, peut-être, qui parviennent à assumer cela, à vivre avec cela, à s'en accommoder, mais je n'en ai pas rencontré et je n'étais pas de celles-là.

Certains, sans doute, arriveront à ne pas avoir de jugement moral. Ceux-là ont raison, qui sait ? Ceux-là, en tout cas, vivent bien.

Je pourrais lui dire : je suis de ceux-là, je n'ai pas de jugement moral, je ne sais pas ce que c'est, mais ce serait inaudible. Je ne vois pas quelle faute a été commise même si je mesure ce que peut être le sentiment de la faute commise, mais elle ne comprendrait pas que je dise cela. Et voilà que, malgré la certitude que j'ai de la choquer, c'est ce que je m'entends lui dire : moi, je n'ai pas de jugement moral. Les mots sortent sans que je les commande. Les mots sortent alors que je sais qu'ils sont incompréhensibles et qu'ils peuvent abîmer la confiance que la mère me témoigne. Et, effectivement, son regard sur moi change brutalement. Son regard veut me dire sa déception, sa réprobation. Son regard veut me signifier qu'elle a fait le mauvais choix en choisissant de se confier à moi. Tout l'être se ferme. C'est qu'il me faut admettre qu'il y a faute, sans quoi tout le processus expiatoire n'a plus de raison d'être. Si je ne suis pas choqué, je ne peux pas comprendre cette histoire, la honte, le chemin de croix que cela fut. Je sens que la discussion va s'arrêter là, qu'il y a un éboulement, quelque chose qui s'est détruit et qu'on ne réussira pas à reconstruire. Alors, pour tenter de sauver ce lien unique avant qu'il ne disparaisse tout à fait, je dis : Arthur m'aimait pour cela. Pour cela aussi. Pour l'indifférence au monde, pour la capacité à n'être atteint par rien, qui est une des formes les plus achevées de liberté. C'est ça : Arthur m'aimait pour ma liberté. Et j'aperçois tout de suite que l'argument fait mouche, que l'évocation du fils, de l'amour du fils pour moi reconstitue d'un coup le lien entre elle et moi. Soudain, nous nous souvenons que ce qui nous rapproche, ce qui nous attache l'un à l'autre, c'est ce mort entre nous. Nous sentons la présence de ce disparu entre nous. Nous sommes à nouveau ensemble, elle et moi. Et elle se met à accepter ce que je suis et à regarder sa propre vie avec d'autres yeux que les siens. Elle gagne un peu de liberté.

Elle reprend le fil de l'histoire : c'était un jeune homme de vingt-trois ans. Cela, je l'ai su après. Au début, il n'a presque rien dit. Sous de grands airs, il était épouvantablement intimidé. J'ai pensé qu'il n'était pas un habitué de ce genre d'établissement, que peut-être pour lui aussi il s'agissait d'une première fois. J'espérais secrètement une manière de solidarité, une compréhension. Mais je me trompais : ce n'est pas avec ces maisons qu'il n'était pas familier, bien au contraire, c'est avec les femmes qu'il ne l'était pas. Cela, je l'ai d'abord senti à sa maladresse, à sa gaucherie cassante, à sa fausse assurance vite réduite à une peur presque panique, à cette impression qu'il donnait de n'être pas à sa place, de ne pas savoir pourquoi il se trouvait là, à son désir de s'enfuir. Et, dans le même temps, il y avait, chez ce jeune homme, la volonté farouche de rester, de tenir bon, d'aller jusqu'au bout d'une logique absurde visiblement imposée par d'autres. Alors, il a fait son devoir consciencieusement et piteusement, de façon expéditive comme on le fait d'une corvée dont on doit s'acquitter. Je crois inutile de préciser que j'étais moi-même terrorisée et donc peu engageante. Nous formions un couple pitoyable. C'est cela que je me rappelle : notre misère, notre malaise. Un fiasco intégral.

Après, il a éprouvé le besoin de parler, non pas tant pour se justifier ou s'excuser que pour se confesser. Ce qu'il paraissait chercher, c'était une oreille attentive, quelqu'un qui compatirait et puis aussi quelqu'un à qui il pourrait dire sa vérité sans crainte que celle-ci soit répétée. Très vite, il a reconnu son peu de goût pour les femmes et sa très faible expérience de la chose physique. Il a évoqué sa pratique intense de la masturbation, ce qu'il nommait « ses mauvaises habitudes ». Il a précisé que c'est son père qui lui donnait l'argent pour aller au bordel. À l'écouter ainsi, je me suis mise à pleurer et je ne sais plus si je pleurais sur lui ou sur moi-même. Cette étreinte rapide et ces confessions intimes me laissaient, en tout cas, le sentiment d'une souillure indélébile. Une fois le jeune homme parti, je me suis rhabillée, j'ai dévalé l'escalier, je me suis précipitée dans la rue, je n'ai plus jamais remis les pieds dans cette maison de passe ni dans aucune autre. Mon expérience de la prostitution s'est arrêtée là, mais, vingt ans après, ce sont encore ces quelques heures qui m'obsèdent le plus dans mon sommeil.

Vous qui prétendez ne pas avoir de jugement moral, vous avez tout de même le droit de marquer votre dégoût si c'est ce que vous éprouvez. Je ne vous en voudrai pas. Ce dégoût sera toujours moins fort que celui que je m'inspire depuis toutes ces années.

Je la regarde, écrasée d'humiliation. Je pense à nouveau au courage qu'il faut pour accepter ce qu'elle considère être la chose la plus dégradante pour une femme. Je pense surtout au courage qu'il faut pour se livrer à une telle confession. C'est de l'abnégation, une sorte d'oubli de soi-même. À ce moment précis, l'intimité entre nous est indépassable. Un jeune homme et une femme de quarante ans ne peuvent pas être plus proches l'un de l'autre que nous le sommes à présent. Ce qui se produit est improbable.

On voudrait que l'histoire se termine, que cela soit fini, qu'il n'y ait plus rien à entendre, plus de coups à recevoir mais, d'évidence, le secret n'est toujours pas dévoilé. Il faut aller au bout de ce cauchemar.

Elle dit : six semaines plus tard, j'ai compris que j'attendais un enfant. Elle dit cela comme elle évoquerait un événement qui concernerait quelqu'un d'autre qu'elle, elle le dit de façon désincarnée, distante, presque médicale. Je suppose que c'est le seul ton qu'on puisse employer si on ne veut pas être secoué de sanglots, que cette distance est nécessaire pour ne pas s'effondrer. Je suppose également que la grossesse inattendue, illégitime est forcément la conséquence logique, affreusement logique, de ce « fiasco intégral », qu'elle est le prix à payer. Le prix à payer.

Un enfant peut-il être un prix à payer ?

Elle dit : cet homme est son père, sans doute possible. Il est le seul qui puisse être son père. Comment voulez-vous avouer cela à votre enfant ?

Sur le certificat de naissance, j'ai fait écrire : né de père inconnu.

Arthur est né à Saint-Vallier, un village dans le Sud-Ouest dont la famille de ma mère est originaire. Personne n'a jamais évoqué devant moi cette grossesse scandaleuse. L'enfant est né dans le silence, sous une chape de plomb. Nous sommes revenus à Paris quand il a commencé à marcher. Je suis entrée au service de vos parents.

Vous devez vous demander pourquoi j'ai gardé l'enfant. À Saint-Vallier, il y avait une faiseuse d'anges, qui maniait fort bien les aiguilles à tricoter. Cela aurait été facile de se séparer de cet enfant. Cela aurait été souhaitable, sans doute. Mais je n'en ai simplement pas été capable. Il y a des choses qu'on ne commande pas. Je n'ai pas pu. Je n'ai pas pu.

Elle dit : je ne regrette rien. Bien sûr, il n'y aurait pas eu les années d'opprobre, il n'y aurait pas aujourd'hui cette souffrance, mais il n'y aurait pas eu non plus le bonheur, le temps inégalable du bonheur.

Cette phrase-là agit sur moi comme une révélation. D'évidence, c'est seulement en souvenir du bonheur qu'on peut finir par accepter son malheur présent, vivre avec lui plutôt que mourir. Et alors, dans le silence, reviennent les rires sonores, les corps qui se jettent sur les lits, les regards complices, les baisers lents, les fatigues apaisées, les promesses non dites mais entendues, les lumières violentes d'un été triomphant. Oui : le bonheur.

Nous n'avons pas eu le temps d'être malheureux ensemble.

À la mère, je dis : nous n'avons eu que du bonheur, rien d'autre. C'est cela que vous devez savoir : le bonheur a pris toute la place. Il en est souvent ainsi dans la frénésie des premiers jours. Mais ce n'étaient pas des premiers jours. C'étaient nos jours. Les sept jours avec Arthur, c'est toute notre vie ensemble, une existence entière à deux.

Nous ne vieillirons pas côte à côte. C'est autre chose, qui n'a rien à voir avec le temps.

Elle pleure. Pour la première fois, elle pleure. Ce sont des pleurs doux, presque calmes, quelque chose qui purifie. Elle ne cesse de me regarder dans ses pleurs. Ses yeux pleins de larmes sont sur moi, ils ne me quittent pas. Ils disent merci.

Il s'écoule un long moment avant qu'elle ne reprenne la parole, comme dans les recueillements à l'église. Et puis, elle dit : je dois finir mon histoire, je dois vous avouer ce que vous ne savez pas encore, ce qui vous manque. Elle dit : nous sommes au point où votre histoire et la mienne se rejoignent, dans un de ces hasards faramineux. Elle dit : vous connaissez le père d'Arthur. Elle dit : votre ami, Marcel, est le père d'Arthur.

Une déflagration. Et, en une seconde, un torrent d'images : le jeune homme de vingt-trois ans, au teint oriental, au visage ovale, aux manières aristocratiques, le jeune homme qui n'aime pas les femmes et qui va au bordel parce qu'on l'y oblige, le jeune homme solitaire, onaniste, inconsolable. Le père improbable, ignorant de sa paternité. Le père homosexuel dont je retrouve les gestes dans les gestes de son fils. Le père qui ne sait pas que son fils est mort. L'ami qui ne me déconseille pas l'amour des garçons mais qui me met en garde contre l'amour de ce garçon qui est son fils. Le pacifiste qui perd ses proches à la guerre. En une seconde, comme dans l'instant qui précède la mort paraît-il, tout revient. Une déflagration.

Pourrait-elle avoir menti ?

Le regard de la mère sur moi est toujours fixe mais les larmes ont disparu. À la place, il y a une expression apaisée en même temps que terrible. Elle est allée au terme de sa confession. Elle a tout dit. Elle est soulagée. Elle a accompli son devoir.

Elle se tient immobile et lasse. Elle a fini. Elle, elle a fini. Pour moi, cela commence.

Je suis seul désormais, tout à fait seul. Qu'on s'arrête un instant et qu'on tâche de mesurer l'étendue de cette solitude. Je n'ai pour compagnie que le poids d'un secret, la tristesse d'un deuil, la certitude que ce qui m'attend sera moins bien que ce que j'ai connu. Il y a son absence qui est une béance, une amputation, la manifestation d'une incomplétude, impossible à résoudre. Cette perte est la plus grande perte. Si je devais opposer la notion de gain à celle de perte, je gagnerai nécessairement moins que ce que j'ai perdu. Alors, pourquoi jouer ? Et cependant, l'indifférence est une posture impossible. De même, le désir pour un autre est un événement inconcevable. Je suis perdu pour les hommes.

Elle, elle a fini. Pour moi, cela commence.

Je ne vous écrirai plus. Ceci est ma dernière lettre. Je pars.

Je pars parce qu'il faut partir, parce que c'est impossible de faire autrement, impossible de se soustraire à cette évidence.

Je pars pour échapper à l'assourdissant silence, à la mort lente, à l'affreuse médiocrité, pour échapper à cette guerre qui est la cause de mon désespoir, à la boue, pour échapper à l'enfance, à la famille, à la terre, à tout ce qui retient, à tout ce qui ramène en arrière.

Je pars parce que, dans cet automne sale et pluvieux qui s'avance, c'est de soleil que j'ai envie. D'eau claire.

Je rêve d'Italie, d'Afrique, d'Orient. Je rêve d'exil. Je rêve de traverser des montagnes et de rejoindre des plaines, des lacs impassibles, des campagnes lentes. Je rêve de marcher jusqu'à la mer puis de m'enfoncer dans des territoires arides,

des paysages interminables. Je rêve de parvenir jusqu'à la pointe d'un continent, la fin d'une terre, la perte des repères. Je rêve de langages incompréhensibles, de chaleur suffocante, de paysages extraordinaires, de bruits dangereux, de belle lumière.

Je rêve de ne penser à rien, cherchant dans le vide une sorte de tranquillité.

Je devine que ce sont des difficultés qui m'attendent, et d'abord la nécessité de survivre, faire les pires métiers pour exister un jour de plus, errer parfois parmi les mendiants dans les ruelles infectes de villes improbables, casser des pierres et bâtir des églises en plein désert, risquer la folie. Tout cela ne me fait pas peur. Tout cela, je l'accepte. Mieux, je le recherche. Je crois que le dénuement et la précarité sont les seules choses qui peuvent encore me sauver.

Vous n'y pouvez rien, Marcel. Vous, moins qu'un autre peut-être, ne pouvez me retenir.

J'emporte mon mort avec moi.

Je l'emporte dans mes voyages, dont je ne reviendrai moi-même, vraisemblablement, que mort.

TABLE DES MATIÈRES

MIXTE
Papier issu de
sources responsables
FSC® C003309

10/18, une marque d'Univers Poche,
est un éditeur qui s'engage pour
la préservation de son environnement
et qui utilise du papier fabriqué à partir
de bois provenant de forêts gérées
de manière responsable.

Imprimé en France par CPI

N° d'impression : 2038177
Dépôt légal : janvier 2009
Suite du premier tirage : août 2018
X05685/07